Paul Scheerbart

Der Tod der Barmekiden

e-artnow 2018

Ernst Weiß
Franziska

Paul Scheerbart
Der Kaiser von Utopia

Ernst Weiß
Der Verführer

Walter Scott
Redgauntlet (Historischer Roman)

Paul Scheerbart
Tarub - Bagdads berühmte Köchin: Arabischer Kulturroman

Paul Scheerbart

Der Tod der Barmekiden

Arabischer Haremsroman

e-artnow, 2018
Kontakt: info@e-artnow.org

ISBN 978-80-273-1453-9

Inhaltsverzeichnis

Der Orient ist gross.

Und die Geister des Orients sind auch gross. Wenn's Neumond ist, versammeln sie sich auf dem Demawand und benehmen sich da sehr laut – sehr laut.

Die Dschinnen kreischen und quieken. Die Drachen fauchen und grunzen. Die Feeen zischen und quarren. Die Zwerge husten und prusten. Die bösen Gespenster braaschen und plärren. Die starken Narren prügeln sich. Und die grossen Götter schleudern mächtige Felsblöcke in die dunklen Thäler hinab, dass Alles kracht.

Auf dem Demawand heult's, brummt's, knistert's. Die harten Berge knarren, knacken, bersten.

Die Unsichtbaren jammern jubelnd, zerstampfen und zerscharren die Steine, sausen sich verschnaufend vorüber – und stöhnen wie aus weiter Ferne.

Alte Graubärte halten lange lange Reden.

Und dazwischen donnert's, dass das ganze Gebirge platzt. Gleich danach klingen von unten herauf helle feine Glocken – die guten Geister flüstern und singen dazu.

Und dann schreien plötzlich Alle durcheinander.

Wüster Lärm! Wüster Lärm!

Und mittendrinn in diesem grossen Wirrwarr sitzt der grosse Riese Raifu.

Raifu schweigt.

Wildzerzauste brandrothe Haare umflattern sein hässliches gelbes Gesicht.

Im schneeweissen Mantel, der tausend Farsangen lang ist und furchtbar breit, sitzt er da – wie ein weisser Riesengletscher.

Sein wilder rother Bart weht seitwärts tief in ein dunkles Thal hinab.

Und zwölf schwarzgekleidete Zaubrer umwandeln das Riesenhaupt in Augenhöhe.

Die Zwölf sehen so winzig klein aus – sie tragen schwere eiserne Zauberstäbe auf den breiten Schultern. Die Schwarzgekleideten schreiten durch die Luft in gleichmässigem Schritt; und wer am linken Ohre des Riesen vorbeikommt, der schreit da was hinein.

Und Jeder schreit dasselbe.

Jeder schreit:

»Herr, lass die Löwen hier!«

Doch des Riesen Stirn wird immer finstrer, mächtige Furchen graben sich hinein; und dabei verzerrt sich der untere Theil des Gesichtes, als wenn's lachen wollte.

Und grimmig grinsend spricht der grosse Riese:

»Nein! meine fünf Löwen sollen nun grade mitkommen. Meine fünf Löwen sind verbissene Kröten, aber sie können lachen; und mir thut es so wohl, wenn ich verbissene Kröten kräftig lachen höre. Es bleibt dabei: sie kommen mit!«

Nach diesen Worten erheben die fünf Löwen ein so fürchterliches Freudengebrüll, dass das ganze Himmelsgewölbe zittert – dass sogar die alten Sterne zu schwanken beginnen.

Die fünf Löwen sind natürlich keine gewöhnlichen Löwen; das Gewöhnliche liebt der Riese Raifu ganz und gar nicht. Die Fünf sind hellblaue Löwen – leuchtende Löwen!

Sie erleuchten den ganzen Demawand – wie lebendige Laternen.

Ihr Licht leuchtet wie das Geisterlicht des Blitzes – blitzblau!

Die Fünf sind auch Geister – Söhne des Geisterblitzes! Jeder von den Söhnen ist so gross wie vierzig dicke Elephanten zusammen.

Die Blitzblauen stehen auf fünf spitzen Bergkegeln und brüllen – und ihr Brüllen donnert – und dieser Donner ist ein Lachen – ein märchenhaftes Lachen der Tollheit. Und sie knallen dazu mit den Schwänzen.

Das andre Geistervolk des Demawands verstummt vor diesem grossen Gelächter und vor diesem grossen Geknall.

Die zwölf Zaubrer umwandeln nicht mehr des Riesen Haupt – sie sitzen jetzt in seinen flatternden brandrothen Locken und halten sich an einzelnen Haaren mit aller Kraft fest – denn einen Sturmwind haben die Kehlen der Löwen entfesselt; es rauscht in den Tannen, es knistert in Raifu's Haaren, rollende Steine poltern in die Thäler hinunter.

Die Löwen lachen und knallen, dass es weh thut! Ohrzerreissender Lärm!

Weltradau!

Selbst die wildesten Geister müssen verstummen vor dieser Löwenmusik.

Doch plötzlich lässt der Raifu seine Stimme hören, und die ist nun mächtiger als Alles.

»Schweigt, Bestien!« ruft der Riese.

Und die blitzblauen Löwen halten sofort das Maul. Der Sturmwind verhallt.

Raifu streichelt seinen Bart, dass der nicht mehr knistert. Es wird ganz still auf dem Demawand – es wird mäuschenstill.

Auch der Himmel wird still – die alten Sterne hören auf zu wackeln.

Die Leiber der Löwen leuchten geisterhaft durch die stille Nacht.

Und in diese stille Nacht murmelt Raifu leise seufzend:

»Ja wohl! Ich bin zu gross! Meine Grösse hat an Allem schuld. Ich darf mich garnicht wundern, dass ich nie ein Weib fand, das ich lieben konnte und das mich wiederlieben konnte. So grosse Weiber, wie ich sie brauche, giebt's ja garnicht. Der dümmste Zwerg findet seine Hexe, aber der arme Raifu findet keine Hexe – nicht einmal ein Weib. Das ist der Fluch der Grösse. Aechte Riesen sehnten sich wohl nach der Liebe zu allen Zeiten vergeblich. Aber die verfluchten Europäer – die sollen's büssen. Ich will ihnen ein Schauspiel aufführen, das ihnen die Liebe für ewig vergällen soll. Heda! Ist Alles fertig? Zaubrer, sagt mir: ist Alles fertig? Kann das Spiel beginnen? Sprecht zu mir!«

Und behende springen die Zaubrer aus den rothen Locken heraus und umwandeln wieder das Riesenhaupt wie vorhin – in Augenhöhe – in gleichmässigem Schritt.

Wieder umschreien sie das linke Riesenohr.

Und dann erhebt sich der grosse Raifu und steigt vom Berge herunter in Persien hinein.

Die Löwen springen in Riesensätzen voran, und das ganze Geistervolk des Demawands folgt im wilden Wirbel wie eine Windhose – wie eine Geisterhose.

Und während die Zaubrer eifrig Raifu's Haupt umwandeln, geht's hinunter ins alte Syrerland.

Dort sitzen schon die Europäer und harren des grossen Geisterschauspiels, das Raifu ihnen versprochen hat.

Die Europäer, die wohl wissen, dass die Geister ganz vortrefflich spielen können, sitzen auf der Westseite des Syrerlandes – erwartungsvoll.

Gegen Osten wird ihnen vorläufig noch die Aussicht versperrt durch einen grossen grauen Vorhang, hinter dem jetzt Raifu mit seinen Geistern verschwindet.

Die Europäer sitzen da – mit klopfendem Herzen.

Die hellblauen Löwen gehen würdevoll vor dem grauen Vorhang auf und ab – und leuchten.

Die Europäer knittern ängstlich mit den grossen Theaterzetteln.

Und dann erscheint Raifu's Kopf mit den Zaubrern im Haar oben über dem grauen Vorhang und ruft laut:

»Löwen, reisst den Vorhang entzwei!«

Die Hellblauen packen hurtig – blitzschnell mit Tatz und Zahn in das graue Tuch und reissen's knurrend nach Norden und Süden auseinander, dass der Osten ganz frei daliegt.

Die erste Nummer beginnt:

Der grosse Chalif

Fern im Osten wird es Tag.

Hinter Bagdad am Tigris geht die Sonne auf – ganz langsam. Und die Paläste des grossen Chalifen Harun al Raschyd kommen – auch ganz langsam – in den Vordergrund.

Alles funkelt in der Morgensonne, wie indische Edelsteine funkeln.

Und es dreht sich das weite Parkgebiet Haruns mit seinen unzähligen Schlössern, Thürmen und Kiosken, mit seinen Blumen und Seeen, mit seinen Palmen und Bananen wie ein grosses Karussell, sodass die Europäer Unzähliges sehen können.

Aus den mächtigen Hallenpforten treten grellgekleidete Frauen heraus. Und überall wimmelt's von schwarzen Sklaven.

Plötzlich steht das Karussell still, und eine hohe Terrasse schiebt sich nach vorn – von der aus kann man bequem hinausschauen auf den breiten Tigris.

Auf der Terrasse – unter Myrthen – sitzt der Chalif auf einem Diwan und trinkt Wein.

Rechts und links vom Chalifen liegen an die hundert Weiber herum – schwarze, braune, gelbe und weisse – in bunten seidenen Gewändern. Alle liegen auf weissen Fellen.

Die Sklaven stehen abseits in gemessener Entfernung, haben aber Nichts zu thun.

Die Myrthengebüsche glänzen in der Morgensonne.

Der Tigris glänzt noch mehr.

Und Harun glänzt ebenfalls – weinselig lächelnd.

Ein grasgrüner Seidenmantel umhüllt lose seine mächtige Gestalt. Kirschrothe Drachen sind in die Seide gewebt.

Das breite dunkelbraune Gesicht mit den grossen mohrenschwarzen Augen und dem kurzen schwarzen Vollbart wird von einem grossen grünen Seidenturban überwölbt.

Harun atmet tief auf, dass seine breite Brust sich gewaltig aufbläst und sein breiter Hals noch breiter wird.

Neben dem stattlichen Fürsten – zu seiner Rechten – liegt seine geliebte Schwester Abbasah, ein rehbraunes Weib, das auch mit mohrenschwarzen Augen in diese Welt reinschaut.

»Abbasah!« ruft der Chalif, »dieser Morgen ist noch herrlicher als die Nacht! Gieb mir neuen Wein und spiel auf Deiner neuen Harfe! Ihr faulen Sklaven aber, Ihr bringt mir den Jahjah ibn Chalid her! Ich muss ihm was sagen.«

Vier junge Neger stürzen wie die Jagdhunde davon, die Abbasah reicht den Wein und klimpert auf ihrer neuen Harfe, die mit vielen Diamanten verziert ist.

Doch unversehens wird das rehbraune Weib wüthend und zerschlägt ihre Harfe.

Harun wendet sich um, streichelt Abbasahs Rückgrat und fragt besorgt:

»Was fehlt Dir, Kind?«

Das Kind zerkrallt sein saphirblaues Seidenkleid, zieht danach seine rothen Lederpantoffeln aus und schlägt mit diesen alten Weiberwaffen auf den grossen Chalifen so heftig ein, dass der sich kaum wehren kann.

Nach diesem groben Liebesspiel bemerkt die geliebte Schwester ganz sanft und bedächtig:

»Harun! Kannst Du da drüben überm Tigris die vielen weissen Möven sehn? Ja? Siehst du? Weisst Du, ich möchte so gern auch eine Möve sein und über blauen Wellen so ganz frei dahinschweben – so ganz – ganz – frei! Und wenn ich eine Möve wäre – weisst Du, was ich da thun würde? Na? Rathe doch! Ach, das kannst Du nicht rathen. Ich würde mich einfach noch mal verwandeln. Sieh, ich würde mich in eine grosse weisse Wolke verwandeln und als weisse Wolke alle die Männer umarmen, die mir gefallen. Als weisse Wolke würd' ich nicht mehr so ärgerliche Stimmungen haben, nicht mehr so gereizt sein.«

Die Abbasah schaut mit verklärten Augen zum dunkelblauen Himmel auf.

Harun streichelt ihr die kleinen Ohren und flüstert ernst:

»Kind, Du bist sehr geistreich!«

Er winkt den anderen Frauen, und die singen nun ein tieftrauriges Liebeslied, das sie auf Haruns Wunsch in der Nacht schon sechs Mal gesungen haben.

Wie's verhallt, erscheint der alte Jahjah ibn Chalid ibn Barmek und verneigt sich mit seinem weissen Bart ganz tief vor seinem mächtigen Gebieter.

Die Frauen und Sklaven entfernen sich.

Auch Abbasah geht fort.

Harun ist mit Jahjah allein; das ist er stets, wenn sich's um wichtige Staatsgeschäfte handelt.

»Höre mal!« hebt der erlauchte Herrscher an, »die letzte Nacht war prächtig, sie gefiel mir. Die Sterne und die Weiber haben mich entzückt. Der Wein schmeckte mir sehr gut. Und die Abbasah – die war herrlicher denn je. Trotzdem fehlte mir was. Mir fehlte der Freund – Djafar, Dein lustiger Sohn, fehlte mir. Ich sehe nicht ein, warum er verbannt sein soll, wenn die Abbasah in meiner Nähe ist. Ich wünsche, fortan mit meinem Freunde und mit meinem Weibe zu gleicher Zeit zu zechen.«

Der alte Jahjah verbeugt sich noch tiefer als vorhin und erwidert zögernd:

»O Herr! die Palastsitte verbietet's aber, dass ein Mann zugegen sei, wenn der grosse Chalif ein Weib in seiner Nähe duldet.«

»Ach was!« ruft da zornig der heftige Harun, »was schert mich die Palastsitte? *Freie* Sitten will ich! Ich will Djafar und Abbasah zusammensehn. Mein Freund soll auch der Freund meines Weibes sein. Mach's, wie Du's willst! Aber ich wünsche, dass meinem Wunsch entsprochen wird. Ich befehl's! Kein Wort weiter! Geh und sprich mit Deiner klugen Frau Gemahlin. Umgeht die Palastsitte! Weckt nicht meinen Zorn! Ich rath' es Euch!«

Jahjah fällt auf ein Knie, küsst ehrfurchtsvoll den Saum des Drachenkaftans, steht langsam wieder auf und geht langsam davon – in tiefen Gedanken.

Harun nimmt ein Stück der zerbrochenen Harfe in die Hand und betrachtet aufmerksam einen grossen Diamanten, der noch ganz fest an dem Holze sitzt.

Weisse Wolken ziehen vorüber – immer mehr weisse Wolken. Und die umhüllen den Harun und die ganze Terrasse, dass die Europäer bald Nichts mehr sehen können – als weisse Wolken.

Durch das bläuliche Licht, das jetzt die Löwen wieder stärker ausströmen, werden die weissen Wolken allmählich ebenfalls bläulich.

Die Löwen sitzen gemüthlich mit untergeschlagenen Hintertatzen auf dem Wüstenboden.

Vor jedem der grossen Thiere steht eine grosse flache Schale, auf der dreissig Centner Gurkensalat aufgestapelt sind.

Dem hellgrünen Gurkensalat sprechen die hellblauen Löwen eifrig mit Heugabeln zu, um dadurch den Europäern die Angst zu benehmen.

Die Europäer sollen sehen, dass Raifu's Löwen trotz ihrer Grösse auch mit Pflanzenkost zufrieden sind; blutgieriger als Menschen sind sie keineswegs.

Der Gurkensalat schmeckt den Blitzblauen augenscheinlich ganz ausgezeichnet; man merkt es bald, dass Jeder von ihnen so gross wie vierzig Elephanten ist.

Die Fünf sitzen im Halbkreise zusammen.

Das Antlitz des Mittleren ist gegen die Europäer gerichtet. Die grosse Essigflasche geht von Tatz zu Tatz, und auch die grosse Ölflasche geht von Tatz zu Tatz.

Die Löwen speisen, ohne aufzusehn.

Die zweite Nummer beginnt:

Die eitle Mutter

Ein feiner Knall – und die Wolken sind weg.

Und die Europäer blicken in Djafars Palast.

Der allmächtige Djafar ibn Jahjah ibn Chalid ibn Barmek, der herrlichste Barmekidenspross, liegt lang ausgestreckt auf seinem feuerrothen Diwan und trinkt Thee.

Ganz junge schwarze Negermädchen – drei Stück – fächeln dem hohen Herrn kühle Luft ins Gesicht.

Und das Gesicht muss lachen – glücklich lachen – es schaut vergnügt umher – in eine kostbare – schrecklich theure – Blumenwelt hinein.

Wunderliche Blumen bedecken den Fussboden – Blumen, deren Kelch aus echten Perlen und echten Rubinen besteht. Aus schwarzem Ambraholz tauchen die glänzenden Glutblüten heraus. Feine schmale Zweige aus Perlmutter mit goldenen Blättchen schlingen sich um die Perlen und Rubine rum.

Und Früchte aus Perlen und Rubinen – auch von Perlmutterzweigen umschlungen – schimmern an den Wänden.

Das Liniengewebe ist ganz in persischem Geschmack gehalten – leicht und massvoll gebogen – nirgendwo jäh unvermittelt gekrümmt.

Die Decke ist dunkel. Da funkeln im schwarzen Ambraholz nur ein paar goldene Sterne, die spitze Sporenzacken zeigen. Hinter dem lachenden Djafar sieht man durch ein breites hohes Fenster auf den dunkelblauen Tigris hinab – durch dünne Säulen hindurch, die von oben bis unten nur aus gelben Perlen bestehn.

Das ist ein Zimmer in Djafars Palast.

Von rechts und von links kommen jetzt indische Bajaderen herein – mit kleinen goldenen Dolchen und kleinen goldenen Handschilden.

Die Bajaderen tanzen einen Kriegstanz, greifen sich wüthend mit ihren Dolchen an und schützen sich tapfer mit ihren Schilden. Dabei recken, drehen und winden sich die Mädchen so geschickt, mit so feiner Berechnung, dass immer wieder ganz neue malerische Kampfstellungen entstehn. Jedes Getümmel wird gleich wieder zum anmuthigen Bilde. Die Anmuth verspottet den Muth. Djafar lacht aus vollem Halse über diesen Weiberkrieg. Der Krieg ist der einzige, der ihm Spass macht. Die ernste Männerschlacht verhöhnt der kluge Barmekide. Seine Bajaderen, die das auch thun, kämpfen nach dem Takte dumpfer Pauken. Doch die Pauken verstummen plötzlich.

Es naht ein alter Sklave, der flüstert dem hohen Herrn sehr eifrig was ins Ohr.

Die Bajaderen verschwinden, die Pauken und der alte Sklave folgen – auch die Negermädchen gehen fort.

Djafar ist allein. Er springt ärgerlich auf und steht nun erwartungsvoll in seinem gelbseidenen Kaftan da. Mit schwarzen Perlenschnüren ist der gelbe Kaftan besetzt. Auch auf Djafars gelbem Turban sitzen schwarze Perlen.

Und langsam naht der alte Vater Jahjah, hinter ihm der kluge Fahdl, Djafars Bruder.

An Fahdls linker Hand leuchtet des Chalifen grosser Siegelring, in dem die höchste Macht verborgen ist: Fahdl ist Haruns Vezier.

Flinke Diener tragen den rothen Diwan raus und legen auf den kostbaren Fussboden drei weisse runde Ziegenfelle, auf denen sich Jahjah mit seinen beiden Söhnen würdevoll niederlässt. Der Vater sitzt mit dem Rücken gegens Fenster in der Mitte.

Nach einer peinlichen Pause beginnt der alte Jahjah ibn Chalid ibn Barmek also:

»Djafar, mein lieber Sohn, wir kommen in einer wichtigen Angelegenheit.«

»Wann kämt Ihr,« versetzte Djafar müde, »nicht in einer wichtigen Angelegenheit? Diese Regierungssorgen! Es ist nicht zu sagen! Die Leute, die Andre beherrschen wollen, sind stets die Sklaven dieser Andern und bleiben's auch. Nichts ist so gefährlich wie das Herrschenwollen. Die Machthaber sind allerdings die Könige im Sklavenreich, weil sie die schwersten Ketten tragen. Warum lebt Ihr nicht wie ich – sorglos, frech und toll? Thätet Ihr's, so gäb's für Euch keine wichtige Angelegenheit.«

Jahjah und Fahdl sehen sich vielsagend an, und der Erstere fährt fort:

»Djafar, mein lieber Sohn, Deine Mutter lässt Dich grüssen und Dich bitten, das zu thun, was wir Dir sagen werden.«

Djafar wird aufmerksam und will wissen, was wieder los ist.

Der Vater spricht nun:

»Du kennst Abbasah, des Chalifen Schwester, und weisst, wie heftig Er diese Frau liebt. Nun liebt Er aber auch Dich, mein lieber Sohn! Und Er will mit seinem Weibe und mit seinem Freunde zu gleicher Zeit zusammen sein. Du weisst, dass Er schon oft davon sprach. Jetzt können wir's Ihm nicht mehr ausreden. Deshalb giebt Dir Deine Mutter den Rath, Dich – mit Abbasah – – zum Scheine – zu – – vermählen. Diese Scheinehe musst Du eingehen, wenn wir die Macht in unsern Händen behalten wollen. Vergiss nicht, wer Dich bittet, auf unsern Plan einzugehn – Deine Mutter bittet Dich!«

Fahdl sagt auch:

»Sieh, Deine Mutter bittet Dich!«

Und Djafar erwidert lachend:

»Das ist so der richtige Weiberplan! Die eitle Mutter! Gewiss! Ich geh' auf Alles ein! Sorglos, frech und toll wie immer. Die Geschichte wird ja herrlich werden. Aber mir ist es ganz gleich, was draus wird. Das merkt Euch!«

Alle stehn auf. Man drückt dem Djafar gerührt die Hand, umarmt ihn und dankt in vielen gerührten Worten. Der Vater setzt dabei dem glücklichen Sohne auseinander, wie glücklich er sich schätzen müsse – und – und – und dass er sich jetzt auch erkenntlich zeigen müsse.

Schliesslich bemerkt der Alte noch ganz harmlos:

»Djafar, mein lieber Sohn, wir haben Dich schon öfters gebeten, dem Harun Deinen Palast zu schenken. Dieser Palast ist ohne Frage herrlicher als alle indischen und persischen Paläste zusammen. Das ist dem Chalifen zu Ohren gekommen. Sieh nur, Du freust Dich schon auf Deine neue Ehe; man sieht's Dir ja an. Darum zeige Dich erkenntlich gegen uns; Du verdankst doch nur uns Dein neues Glück! Darum lass ab von diesem Hause! Du kannst dir ja ein andres bauen.«

Djafar stampft mit den Füssen auf, dass ein paar blitzende Rubine in die Ecken fliegen, knirscht mit den Zähnen und ballt die Fäuste. Bald wird aber seine Haltung wieder so schlapp wie gewöhnlich. Er zuckt mit den Achseln und flüstert leise:

»Na ja! Ihr habt mich gefangen! Diese Scheinehe reizt mich! In allen Harems will ich siegen. Die Weiber will ich bekriegen. Nicht auf Euren Schlachtfeldern, auch nicht bei Euren Regierungsgeschäften werde ich den grossen Mann spielen. Niemals! Dazu bin ich nicht geschaffen. Allah sei Dank! Deshalb lass' ich mich ruhig von Euch übertölpeln. Ich bin Euch nicht böse. Also schön! Nehmt, was Ihr kriegen könnt! Nur los! Ich schenke dem Harun meinen Palast – ich, der reichste Barmekide, der herrliche Djafar ibn Jahjah ibn Chalid ibn Barmek ich schenke gnädigst mit Anstand meinem Chalifen meinen herrlichen Palast. Ja, schenken macht auch Spass! Ich will ja schenken! Djafar war nie ein Knicker. Kein Fürst giebt je Euch mehr.«

Er hebt seinen linken Arm hoch auf und steht mächtig stolz da, wie Einer, der über seinen Edelmuth freudig erstaunt ist.

Und wieder Umarmungen! Und wieder heisser Dank! Man ist ernstlich gerührt. Männerthränen – aufrichtige – rollen über braune Barmekidenwangen.

Die Perlen schimmern, und die Rubine brennen.

Der Vater spricht noch mit erhobenem Zeigefinger: »Djafar, mein lieber Sohn, sei vorsichtig! Vergiss nie, dass Deine neue Ehe nur eine Scheinehe ist!«

»Ach was!« schreit da lachend der grossmüthige Barmekide, »gegen Traurigsein ist Lustigsein das beste Mittel. Dem Seligen wackelt so wie so der Kopf. Könnt Ihr Euch einen Tollkopf mit steifem hartem Halse vorstellen? Oh, das ganze Leben ist ja zu allen Zeiten lebensgefährlich.«

Unter lautem Gelächter in höchst vergnügter Laune gehen die Drei rechts ab.

Ein mächtiger Donnerschlag erdröhnt – und blitzschnell verwandelt sich Djafars Palast in ein starres Steingebirge.

Die Löwen werfen die Heugabeln fort; der Gurkensalat ist endlich verspeist.

Die Europäer legen Operngucker und Schallfänger in den Schooss, schreien »Bravo!« und klatschen in die Hände, denn das Spiel hat Alle entzückt.

Indessen – da fangen die Löwen furchtbar zu brüllen an.

»Ruhe!« ruft der Dickste, »Ihr seid hier nicht in Europa. Euer albernes Händeklatschen gehört hier nicht her.«

Und sofort wird's still – mäuschenstill!

Die Löwen leuchten wieder, dass das starre Steingebirge besser zu sehen ist.

Der Dickste knallt lässig mit dem Schwanze und lässt seine Stimme abermals vernehmen – wie folgt:

»Europäer! Ihr wisst augenscheinlich noch nicht, wer wir sind! Wir sind die Söhne des Blitzes, und ich heisse Pix. Zu meiner Linken stehen meine Brüder Frimm und Olli, zu meiner Rechten stehen meine Brüder Knaff und Plusa. Also wir heissen: Pix, Frimm, Olli, Knaff und Plusa! Merkt Euch das!«

Leises Geflüster geht durch die Reihen der Europäer. Die Löwen wandeln langsam auf und ab und leuchten.

Die dritte Nummer beginnt:

Die Drei!

Das Steingebirge birst laut knackend mitten entzwei. Die Felsen fallen nach rechts und links um – in die Ecken – – und der Tigris ist da.

Der breite Strom rauscht gurgelnd und plätschernd, langsam, behäbig von der linken nach der rechten Seite vorüber.

Dunkel ist der Fluss. In der Mitte wird er durch einen breiten Glanzstreifen, der senkrecht von hinten nach vorn kommt, in zwei Hälften getheilt.

Hinten oben mitten im Himmel steht der Vollmond; der Glanzstreifen strahlt glitzerndes Mondlicht aus.

Das Ufer, das im Hintergrunde Himmel und Wasser trennt, bildet nur eine schmale Linie – einen langen schwarzen Querstrich.

Und von links naht Haruns grosse Staatsbarke – langsam schaukelnd wie ein stolzes Dromedar.

Mitten im Glanzstreifen fällt das Segel aufs Verdeck und der Anker in die Tiefe.

Und der schwarze Mast theilt den Glanz und den Mond.

Links vom Maste sitzen die Sklaven, rechts vom Maste sitzt der Chalif mit Abbasah, seinem Weibe, und mit Djafar, seinem Freunde. Die Drei sind zusammen und preisen den Mondenschein. Djafar nennt seine neue Ehe seine Mondscheinehe.

Abbasah lächelt, und Harun lacht.

Man trinkt uralten Wein aus goldenen Pokalen.

Und Djafar sagt, den Becher in der Hand, mit müder Stimme: »Es ist doch eigentlich das ganze Leben Nichts als überflüssige Mühe. Auch das Trinken hat keinen Zweck. Es ist auch blos überflüssige Mühe. Ich sehe überall nur zweckloses Gethu. Schliesslich ist doch auch das üppigste Leben sehr einförmig. Man trinkt und liebt drauf los mit gutem Muth und guter Laune – aber man könnt's auch lassen. Wisst Ihr, es ist am Ende kein Vergnügen mehr, vergnügt zu sein. Harun, lach nicht so viel! Das Lachen hat ebenfalls keinen Zweck.«

Weisse Möven flattern vorüber, sie sehen im Glanze des Mondes auch schwarz aus – so schwarz wie der wackelnde Mast der Staatsbarke.

Harun lacht nicht mehr, er hebt schwärmerisch seinen Becher empor und ruft laut:

»Djafar! Welchen Unsinn sprachst Du! Dieses unmässige Leben soll keinen Zweck haben? Wir geniessen's doch mit allen Adern und allen Muskeln. Wir sind doch so furchtbar glücklich! Djafar, wir feiern heute das grosse Fest unsrer Freundschaft und unsrer Liebe! Da sollst Du nicht schwermüthig sein! Wir sollen trinken und selig sein! Ich liebe Dich ja so masslos! Meine Liebe zu Dir ist mächtiger als alle Reiche der Welt – oh, mächtiger als Allahs Arm – so stiermässig wild wie meine Liebe zu Abbasah, meinem Weibe – genau so! genau so!«

Und der Chalif küsst seinem Weibe die Stirn und trinkt dann lange – lange – und weint.

Links vom Maste sehen die Europäer die Köpfe der Sklaven in seltsamer Bewegung, als wenn sie die Hälse reckten.

»Musst Du stark sein!« erwidert Djafar leise. Er füllt Abbasahs Becher und trinkt ihn selber aus. Harun macht ihm das ernst, ohne ein Wort zu sagen, nach.

Die Abbasah kriegt einen Lachkrampf.

»Ich soll wohl,« bemerkt sie, wie sie sich erholt hat, »Garnichts mehr zu trinken bekommen. Harun, gieb mir meinen Becher! Du bist der mächtigste Säufer der Welt. Trinken kannst Du; aber was Du redest, ist nicht sehr bedeutend.«

Der Chalif schaut sein Weib lächelnd und selig an, reicht ihm den vollen Becher und sieht zu, wie's langsam schlürfend trinkt.

Währenddem ertönt auf dem Fluss von links her ein vielstimmiger Frauengesang – eine wehmüthige, schwermüthige Weise – ein altes Volkslied, das von Treubruch und Tod handelt.

Dem Harun stürzen von Neuem die Thränen ins Auge – er weint bitterlich.

Djafar sagt ernst: »Es ist das ganze Leben Nichts als ein grosser Jammer. Was wir wollen, erreichen wir nicht. Wir wissen nicht einmal, was wir eigentlich wollen – obschon wir wissen, dass wir Etwas wollen.«

»Du willst sagen,« fällt da die Abbasah lebhaft ein, »dass wir uns immer unbefriedigt fühlen. Jawohl, Nichts befriedigt uns. Sieh, mir liegt der mächtigste Herrscher der Erde zu Füssen, Hunderte von Sklaven und Sklavinnen rennen sich tot, wenn ich's wünsche. Alles geschieht, so wie ich's haben will. Aber glaubst Du, das macht mich glücklich? Nicht im Geringsten! Ich fühle nur immer empfindlicher, dass ich Etwas will, was ich noch nicht kenne – ein Neues – etwas Unerhörtes – etwas märchenhaft Schönes, das mich ganz still machen kann. Du, Djafar, hast Recht! Das ganze Leben ist Nichts werth. Harun ist immer halb betrunken, daher fühlt er die Qualen dieses Lebens, das uns doch nie genug und nie das Richtige geben kann, so schrecklich selten. Hab' ich Dich nicht verstanden, Djafar? Jawohl! Ich verstehe Dich! glaub's mir – ich verstehe Dich ganz!«

Harun trocknet seine Thränen mit seinem rechten Rockärmel – der Gesang verhallt in der Ferne.

Djafar küsst der Abbasah die Hand. Der Chalif macht ihm das nach.

Der dunkle Querstrich des fernen Ufers wird dunkler, der Mond noch heller; der Glanzstreifen funkelt auf dem Wasser wie Millionen Diamanten funkeln. Der Drachenkopf, in den rechts das Vordertheil des Schiffes ausläuft, nickt bedächtig wie ein dummer Pagode. Der Mast wackelt von rechts nach links. Man weiss nicht, ob dies Nicken und Wackeln den Werth des Lebens bejahen oder verneinen will. Das Wasser zu beiden Seiten der Staatsbarke ist dunkel wie bisher. Im Himmel sind die Sterne ganz klein, da der Mond so helle scheint.

Djafar murmelt leise:

»Schwere dunkle Linien durchqueren und durchkreuzen unser Leben – sie zerschneiden unser Glück!«

»Zeig mir Deine Hand!« ruft da plötzlich die Abbasah.

Der Chalif lässt sofort eine Fackel anzünden. Und die leuchtet nun über den drei Menschen; die Abbasah ist weiss gekleidet, Harun grün und Djafar gelb.

Die Linien in Djafars Hand kommen dem grossen Weibe, das Alles versteht, sehr dunkel, geheimnisvoll und gefährlich vor. Aber dem Djafar kommt, wie man ihm grosses Unglück prophezeit, der alte Übermuth wieder:

»Was nutzt es,« spricht er mit erhobenem Becher, »dass wir uns Sorgen machen um dieses armselige Leben? Das macht das Leben nicht besser. Auf! lasst uns trinken! Harun, ich geb' Dir Recht: wir sollen trinken und selig sein. Stosst an! Wir wollen uns wieder begeistern! Die Begeisterung ist thatsächlich das Einzige, was Werth dem Leben giebt. Es ist allerdings ganz gleich, wofür wir uns begeistern.«

Da tönt, während die Drei unheimlich weiter zechen, von rechts ein wildes Liebeslied über die dunklen Wasser des Tigris.

Harun umarmt sein Weib und küsst es, als wenn er mit ihm allein wäre.

»Zurückfahren!« schreit er den Sklaven zu.

Der Anker wird rasselnd raufgezogen.

Und die Staatsbarke dreht um und geht wieder nach links ab.

Die Räder strudeln durch den Fluss.

Doch bevor das Schiff verschwindet, hört man den Chalifen noch einmal laut und herrisch schreien:

»Djafar, mein Freund! Mein bester, einziger Freund! Küss a u c h mein Weib! Küss a u c h mein Weib! Ich will's! Ich befehl's!«

Die Barke verschwindet, der Gesang verhallt, und Alles wird still.

Dunkle Wolken ziehen herauf und verdunkeln den Mond ganz und gar. Der Glanz auf den Wassern verliert sich. Die Wasser werden unbeweglich. Es sieht plötzlich so aus, als wären sie erfroren. Sie nehmen eine gelbliche Färbung an.

Und dann wird der Fleck, auf dem der Mond stand, allmählich heller und immer heller – sonnenhell!

Die heisse Sonne steht unversehens am Himmel.

Und unten, wo das Wasser rauschte, glüht jetzt der gelbe Sand der Wüste.

Die Sonne des Orients scheint auf eine stille unbewegliche Wüste hernieder.

Heisse brennende Mittagsglut überall!

Und kein Laut stört das blendende Bild.

Kein irdisches Wesen lebt in dieser schwülen Luft.

Die blauen Löwen schütteln die Mähnen.

Und Olli bemerkt nach Überwindung eines kurzen Hustenanfalls:

»Na, das wird ja 'ne schöne Mordsgeschichte! Europäer, passt auf! Putzt Eure Operngucker und Eure Schallfänger, damit Euch Nichts entgeht! Jetzt ist Pause! Wenn wir reden, ist immer Pause. Vergesst das nicht!«

Die Europäer stehen auf und verbeugen sich; sie wollen dadurch für die Belehrung danken.

Zu reden wagt Keiner von den Zuschauern; die Löwen reden auch schon genug.

»Ganz unglaublich!« brüllt Knaff, »diese Vertrauensseligkeit des dummen Chalifen ist ja einfach lächerlich. Dass dieser Djafar ein ganz abgefeimter Verführer ist, würde jedem Lappländer sofort klar gewesen sein. Aber der dumme Chalif merkt Nichts. Ganz unglaublich!«

»Ich glaube,« versetzt Frimm, »es ist augenblicklich noch nicht nöthig, in den Gang der Handlung thatkräftig einzugreifen. Es erscheint mir das nicht vornehm genug. Wir werden später noch genug Gelegenheit haben, weise und belehrende Bemerkungen einzustreuen. Also: legen wir uns vorläufig ruhig hin!«

Die blauen Löwen legen sich vorläufig ruhig hin.

Die Europäer athmen erwartungsvoll tief auf.

Die vierte Nummer beginnt:

Die verbotene Liebe

Aus dem Boden der heissen, stummen Wüste wachsen Berge heraus – Berge von dunkelgrünem Gestein. Die wachsen bis in den Himmel empor und verdecken die Sonne, sodass Schatten ist überall – kühler Schatten!

Und in der Mitte bildet sich allmählich eine grosse Grotte, an den Seiten bilden sich kleinere Grotten.

Wie die vorn vorstehenden Felsen wieder versinken, sieht man in der Mitte Djafar, den Barmekiden, auf einem weissen Linnenlager: er liegt in seiner Badegrotte und träumt.

Kühles Wasser plätschert sachte von den Felsen herunter in eine grosse blaue Wanne hinein. Von Lapis lazuli ist die grosse Wanne, vor der Djafar, der Barmekide, träumt.

Oben erweitert sich die Grotte, und neben den dünnen, kleinen Wasserfällen schaukeln nun in goldenen Ringen unzählige indische Papageien – die sind ganz bunt – blau, roth und gelb.

In den kleineren Seitengrotten steigen viele Sklaven mit Badezeug gewundene Treppen rauf und runter; die Sklaven sprechen kein Wort.

Zu Djafars Füssen kauert ein weisses Mädchen mit rothen Wangen, schwarzen Augen und schwarzen Haaren.

Der Barmekide träumt von Abbasah und sagt das dem Mädchen, das ihn immerfort andächtig mit schwärmerischen Augen anstarrt.

»Hör, Kind!« ruft er, »ich bin verliebt! – schrecklich verliebt! Ich liebe die schöne Abbasah! Weisst Du, wie das ist, wenn man verliebt ist? Erzähl mir mal, wie das ist!«

»Ich weiss, wie das ist!« erwidert einfach das Kind, »wenn Einer liebt, kommt ihm die ganze Welt ganz anders vor. Alles ist verwandelt. Die Bäume sind keine Bäume mehr. Die Blumen duften viel stärker und anders. Die harten Steine sind weich wie Wachs. Und das Wasser ist oft so hart wie Stein. Man hungert und will doch nicht essen. Man hört viele Stimmen im Garten – die sprechen, was man nicht sagen kann. Und die Sterne des Himmels sind so nah – fast zum Greifen. Und – und – «

Das Kind fängt an zu zittern und muss heftig weinen. Es küsst Djafars Füsse, die von den Thränen ganz nass werden.

Der Barmekide lächelt und nickt, er streichelt dem weinenden Mädchen die Haare aus dem Gesicht und denkt an Abbasah – er seufzt.

»Hol den Bademeister!« flüstert er, »ich will noch einmal in meinem Palaste baden – dann zieht Harun hier ein. Der Glückliche! Aber – hoh! hoh! – wir wollen sehen, wer glücklicher ist!«

Er räkelt sich auf den weissen Tüchern und klopft dabei mit dem Knöchel des rechten Zeigeringers an die blaue Wanne von Lapis lazuli – es klingt.

Die Sklavin hat sich erhoben und geht langsam links ab, blickt sich öfters um – doch das sieht ihr hoher Gebieter nicht – der denkt nur an Abbasah – pfeift dazu.

»Blumen will ich haben!« ruft er noch.

Und lange Zweige mit kleinen, weissen Blüten fallen vorn vor der Grotte langsam runter und bleiben schaukelnd hängen; es sind bald so viele weisse Blütenzweige, dass die Grotten sämmtlich verdeckt werden.

Eine weisse bebende Blütenwand macht den Djafar, die Papageien und Sklaven, das grüne Gestein und alles Andre – unsichtbar.

Aber ein leises Knirschen ist gleich zu hören, und nach ein paar Augenblicken theilt sich die Wand; die weissen Blütenzweige werden nach rechts und links an die Seite geweht – wie von einem Doppelwinde.

Und jetzt steht mitten in einem üppigen Garten eine Alabasterhalle – in der die Abbasah baden will.

Die Sklavin Onabba putzt eifrig die kleinen und die grösseren Metallspiegel blank.

Abbasah liegt auch auf einem weissen Linnenlager und träumt auch – sie träumt von Djafar, dem Barmekiden.

Tausend Wohlgerüche wehen berauschend aus der Alabasterhalle heraus. Die Nasen der Europäer schnuppern – so was haben sie noch nie gerochen.

Abbasahs Bäder duften stets sehr stark.

Sie liebt nur sehr theures Räucherwerk und nur sehr kostbare Seifen. In ihrer grossen Alabasterwanne war nie ein Tropfen Wasser. Da schwimmt nur warme Ziegenmilch mit Honig und Waldkräutern, Schöpsenblut und Rosenöl herum. Und wenn's erst ans Baden geht, kommen noch viele viele andre Sachen hinein; und die duften alle betäubend, dass die Blumen draussen im Garten ihren Duft verlieren. Die vielen Spezereien stehen in unzähligen bunten Kruken und Flaschen an den Wänden herum; es sieht beinah wie im Krämerladen aus. Nur die herrlichen Wände, die ganz aus Alabaster sind, erinnern daran, dass man in den Gärten der Chalifenburg weilt.

Und Abbasah spricht zu ihrer Sklavin:

»Onabba, das war eine schreckliche Nacht. Ach, das Leben ist Nichts. Djafar hat mich geküsst. Mein wirklicher Gemahl war so gütig, mich von Djafar küssen zu lassen – zu gütig! Ich bin einfach toll! Gieb mir den Spiegel!«

Die Onabba reicht ihr einen kleinen Handspiegel und lächelt verschmitzt.

»Wie lange,« fragt die Sklavin, »küsste Euch der Barmekide? Was dachtet Ihr bei seinem Kuss?«

»Garnichts!« brummt die Abbasah.

Doch nach einer Weile sagt sie leise:

»Onabba, Du darfst es Keinem sagen: nachher, wie ich mit Harun allein war, dacht' ich nur an Djafar – ich glaub', ich liebe den Djafar.«

»Das glaub' ich,« versetzt die Sklavin nachdenklich, »vorläufig noch nicht. Wenn Ihr Euren neuen Gemahl, auf dessen Besitz Ihr doch eigentlich ein Recht habt, in Wahrheit lieben würdet, so wäret Ihr heute nicht so ruhig. Ihr könnt doch jedenfalls thun, was *Euch* passt und braucht Euch nicht um den alten Harun zu kümmern. Nein, Ihr liebt den Djafar noch nicht – noch lange nicht!«

»Was Du schlau bist!« ruft da lachend die hohe Herrin, »wie würd' ich mich denn benehmen, wenn ich den Djafar in Wahrheit lieben würde?«

»Oh, ganz anders!« sagt die Schlaue, »Ihr würdet die Fäuste zusammenknallen, mir den Spiegel an den Kopf werfen, hell auflachen und gleich wieder flennen wie 'n geprügeltes Kind. Ihr würdet Euer langweiliges weisses Gewand zerreissen – und mir Eure Diamanten schenken – mir um den Hals fallen – und mit mir ringen – dabei wieder weinen vor Wuth – und dann wieder lachen! Ihr würdet mich mit meinen Kleidern in die Badewanne werfen! Ihr würdet mich dann wieder küssen – und mir die Haare trocknen – mich auch wieder schlagen – und schliesslich mir die Kleider vom Leibe reissen – und mich beissen – und – «

»Onabba, hör auf!« schreit keuchend die Abbasah, »Du machst mich verrückt! Hol mir die Bademädchen! Ich will baden und den Djafar verfluchen und lieben. Schnell! Die Bademädchen!«

Die hohe Herrin drückt krampfhaft ihren Metallspiegel an die Brust.

Die Onabba rennt hinten raus; man hört ihre Stimme Befehle ertheilen.

Im Garten wird's lebendig.

Abbasah will ihr weisses Kleid zerreissen – es ist aber zu fest – zu stark.

Die Bademädchen kommen.

Der Vorhang fällt.

Die Löwen essen ein bischen Rhinocerosmark.

Die Europäer sehen sich den Vorhang an.

Der Vorhang ist feuerroth. In seiner Mitte ist ein aufrecht stehender totblasser Mann gemalt, der in höchster Verzückung die Augen verdreht und tausend ganz lange dünne Arme gierig wie Spinnenbeine nach oben und nach den Seiten hin ausbreitet, als wollt' er was mit ihnen umarmen. Die Kleider sind undeutlich – sowohl in der Farbe wie in der Form.

Die Löwen machen über den Vorhang einige kunstkritische Bemerkungen, die leider nicht von Bedeutung sind.

Die Europäer benutzen ihre Operngucker mit beneidenswerther Ausdauer.

Olli, der Scharfsinnige, bemerkt mit sachkundiger Miene, während er sich mit den Krallen etwas Rhinocerosmark aus dem Schnurrbart kratzt:

»Man fühlt doch gleich heraus, dass die ganze Geschichte in erster Linie fürs Volk aufgeführt wird, aufs Volk berechnet ist. Es ist nur traurig, dass die Geschichte für die Europäer trotzdem noch in so mancher Beziehung zu hoch ist.«

Er reicht seinen leeren Teller den flinken Wiener Kellnern. Die andren Löwen reichen ihre Teller auch herunter.

Fünfzig Mann tragen immer einen Teller fort.

Knaff bemerkt unwirsch:

»Nächstes Mal vergesst nicht die Wischtücher fürs Maul! Es sind doch genug da!«

Plusa sagt mit seiner klaren lauten Stimme:

»Dieser Harun! Dieser Mensch, der die Sitte durchbrechen will! Was der sich blos einbildet! Unglaublich! Jugendliche Schwärmerei! Unsittliche Begierde!«

Hienach ergreift der ungestüme Knaff abermals das Wort: »Und diese herrliche Harmonie der liebenden Seelen! Wie sie sich gegenseitig Alles nachmachen! Köstlich war's! Und Harun liebt die *Beiden!* Das soll wahrscheinlich auch ›freie Liebe‹ sein. Europäer, passt auf, dieses Stück wird Euch jede Art von ›freier Liebe‹ ein für alle Mal vergällen. Ihr sollt endlich mal Euren Weibern die Freiheitsgelüste auspumpen! Führt endlich mal den Harem in Europa ein!«

»Nun hör doch endlich mal auf!« brüllt da der vornehme Frimm los, »wir dürfen doch jetzt noch nicht sagen, worauf's ankommt!«

»Warum nicht?« brüllen die Andern.

»Raifu will doch nur Propaganda für den Harem machen!« brüllt der Knaff.

Und die Löwen werden ungemüthlich. Sie greifen den vornehmen Frimm thätlich an, schlagen mit den Tatzen nach seinem Gesicht und knallen fürchterlich mit den Schwänzen.

Doch da erscheint über dem Vorhang wieder Raifu's bärtiges Antlitz.

»Ruhe!« spricht er scharf, »macht nicht solchen Lärm! reisst den Vorhang entzwei!«

Die Löwen springen knurrend in die Mitte des Vorhangs hinein, packen ihn mit Tatz und Zahn und reissen ihn mit solcher Wuth auseinander, dass sie rücklings hinstürzen und von den beiden Hälften des Vorhangs ein Stück im Sande auf dem Rücken geschleift werden, was einen etwas hilflosen Eindruck macht.

Die Europäer beissen sich in die Lippen.

Die fünfte Nummer beginnt:

Thränen der Verzückung

»Die Welt ist so gross – und so herrlich der Tag!«

Und die Sonne ist am sonnigsten, wenn sie untergeht.

Hinter Haruns Sonnenschloss geht die Sonne unter.

Ein stilles dunkles Wasser füllt die Mitte und den Vordergrund. Und zu beiden Seiten des Wassers geht's in Terrassen mit vielen Hecken, Mauern, Grotten und Treppen bergan. Oben rechts und links sind hängende Gärten mit vielen bunten Blumen und vielen grünen Lauben.

Das Wasser wird mehr nach hinten von einem Brückenbogen überspannt. Und auf diesem Brückenbogen erhebt sich – Haruns leichtes luftiges Sonnenschloss.

Unter dem Brückenbogen in der tiefen Schlucht geht die Sonne unter.

Über dem Brückenbogen im Schloss zwischen ein paar schlanken Holzsäulen und zwischen Djafar und Abbasah steht Harun, der allmächtige Chalif.

Harun hebt die Arme empor, dass seine Hände fast das schwach gewölbte Holzdach des sogenannten Schlosses erreichen.

Das Schloss nimmt den Europäern nicht viel Aussicht fort, sie können überall – zwischen den Säulen des Schlosses durch – den Abendhimmel sehn, der allmählich in gelben und rothen Tönen brennt.

Und der Chalif ist schrecklich selig. Er redet sehr viel, sagt aber immer dasselbe. Djafar wirft ihm das mürrisch vor.

Abbasah hält den grossen Schwärmer für betrunken, mit welcher Meinung sie durchaus nicht zurückhält.

Doch der Schwärmer lässt sich nicht so leicht stören. Er findet plötzlich im Wasser hinten in der Schlucht ganz unbeschreibliche Farben und will sie seinem Weibe und seinem Freunde beschreiben. Aber die Beiden verstehen natürlich nicht, was er meint.

Er sieht Alles anders und viel mehr. Er muss sich darüber immer wieder und wieder laut wundern – was den Genossen seiner Freude bald langweilig wird.

Der Harun bemerkt ihre schlechte Stimmung nicht. Er denkt jetzt an die ganze letzte Zeit, in der er Weib und Freund immer zugleich um sich hatte. Und was Harun empfindet und denkt – das müssen die Europäer mitempfinden und mitdenken, ohne dass im Schloss ein Wort gesprochen wird – die Schallfänger sind so masslos fein.

Die Drei haben den Europäern den Rücken zugekehrt und starren unverwandt in die gelben und rothen Töne des Sonnenuntergangs.

Die letzte Zeit klingt so beglückend nach. Ein zarter Rausch bebt und schwingt über dem Brückenbogen, der mit den Linien des Schlosses dunkel erscheint vor der flammenden Wolkenglut.

Harun fühlt sich so glücklich, dass er einen Freund hat, dem er sich rückhaltlos hingeben darf. Noch trübt keine Spur von Misstrauen sein seliges Bewusstsein, einen Freund zu haben, der Alles mitgeniesst.

Der Chalif fühlt: er ist nicht allein – er weint vor Rührung.

Die Europäer werden auch ganz gerührt, denn sie sehen und fühlen alles Das mit, was der Chalif sieht und fühlt, als ständen auch sie über dem Brückenbogen – die ausgezeichneten Operngucker tragen dazu ebenfalls das Ihrige bei.

Nun tönen aus der Tiefe der Schlucht leise gesungene Volkslieder nach vorn, und Thränen der Verzückung rollen über die braunen Wangen des glücklichsten Herrschers der Welt.

Er dreht sich um. Sein Glück wird immer grösser. Er kann die Steigerung kaum ertragen.

Er wirft seinen Turban ab und hebt die Arme zum schwach gewölbten Holzdach empor wie ein Priester.

Er erinnert sich an seine Kindheit, an schwarze Pferde und wilde Tigerjagden, an seine Mutter und an die erste Damascenerklinge, die er einst heimlich in der Waffenkammer ergriff und in der Sonne blitzen liess – das war damals auch im Farbenzauber einer Abendsonne.

Die Gesänge werden lauter, sie kommen näher. Harun umarmt den Djafar, seinen besten Freund, und die Abbasah schüttelt den Kopf dazu.

Die Sängerinnen nähern sich auf vielen kleinen Kähnen.

Aus den hängenden Gärten ertönen Lieder, die wie Echos auf die Gesänge, die aus der Tiefe der Schlucht immer näher kommen, antworten.

Ins Masslose steigern sich Haruns leidenschaftliche Gefühle.

Die kleinen Kähne mit den Sängerinnen sind bald unter der Brücke; einige Kähne, die an der Stirn einen hölzernen Thierkopf tragen, fahren ganz in den Vordergrund und legen sich rechts und links quer vors Ufer.

Kinderstimmen dringen auf den Terrassen, in den Grotten und hinter den Hecken durch.

Und Haruns Lieblingslied hallt brausend aus tausend Kehlen in den gelb und roth gefleckten Abendhimmel hinein.

Ein einfach närrischer Rausch erfasst den Chalifen.

Er ruft seine Sklaven heran und befiehlt, seinen Staatsschatz zu holen.

Die Sklaven holen den Schatz, der in vielen eisernen Kisten steckt, eiligst herbei.

Zu seinen Füssen lässt der Gewaltige seinen Staatsschatz zählen.

Die Goldstücke klingen durch den Gesang hindurch wie Cymbeln.

Sechs Millionen Dirham sind im Staatsschatz – sechs Millionen Dirham! Eine schöne Masse Gold!

Und diese sechs Millionen lässt Harun von der Brücke haufenweise runterwerfen auf die Köpfe der Sängerinnen rauf.

Natürlich fallen die meisten Goldstücke ins Wasser, das glücklicherweise nicht tief ist.

Und die Weiber springen daher schreiend aus den Kähnen raus, rein ins nasse schlammige Element, balgen sich ums Gold, kreischen und ringen mit einander, bespritzen sich von oben bis unten – und füllen sich die Taschen.

Die schönen Kleider der Mädchen werden nass und voll Schlamm.

Harun muss fürchterlich lachen.

Auch die Abbasah muss lachen, Djafar desgleichen.

Und eine Seligkeit erfüllt jetzt das ganze Abendbild, dass es nicht zu sagen ist.

Der ganze Himmel wird dabei gelb und roth ›gestreift‹ wie ein Tigerfell.

Die schlammigen Fluten spritzen und schäumen, die Kähne kippen um, und die Weiber ersaufen beinah.

Aus den hängenden Gärten und von allen Seiten rennen Alle so schnell wie möglich runter und stürzen sich kopfüber ins Goldmeer.

Leider verstehen die Ruderer das Sammeln und Suchen am besten.

Gequiek und Geplärr und fast wieherndes Gelächter!

Thränen der unsinnigsten Wuth und Thränen der unsinnigsten Verzückung!

Es wirbelt Alles durcheinander, als würden zehntausend sinnlose Begierden gestillt.

Eine wüste Katzbalgerei ohne Ende!

Die Europäer möchten so gern dabei sein, auch ins Wasser springen und Gold suchen. Doch die hellblauen Löwen passen auf. Da ist Nichts zu machen. Harun hat dieselben Gefühle wie die Europäer, möcht' übers Geländer rüber sich runterstürzen – ihn hält nur sein königliches Standesbewusstsein zurück – das genügt aber.

Indess anitzo spritzen plötzlich vorn grosse Springbrunnen empor – nach allen Seiten durcheinander – *auch* durcheinander!

Und das Plätschern der Springbrunnen rauscht baldigst so laut, dass man die wilden Horden unter dem Brückenbogen nicht mehr hört – zugleich nicht mehr sieht, da die aufspringenden und gleich drauf wieder niederstürzenden Wassersäulen eine breite weisse Schaumwand – einen herrlichen Vorhang – bilden.

Selbst die Löwen staunen.

Sie sind aber ganz baff, als plötzlich von rechts und von links grünes und blaues Licht in die strudelnde Schaumwand sich ergiesst und ein Farbenspiel entzündet, das stumm macht.

Die zwölf Zaubrer steigen hernieder und wandeln hoch über den Köpfen der Löwen langsam durch die Luft und sehen sich ebenfalls erstaunt das gleissende Feuerwasserspiel an.

Die Löwen vergessen, das Wort zu ergreifen – sind einfach futsch.

Die Europäer sind so geblendet, dass sie nicht wissen, was mit ihnen geschieht.

Langsam nur – ganz allmählich – verfallen die blauen und grünen Glanzstrudel.

Die Zaubrer steigen wieder nach oben.

Eine schwarze Finsternis breitet sich dort, wo eben noch so viel lichter Farbenrausch flammte, wie ein schwarzes Tuch aus, mit dem man Leichen umhüllt.

Alles wird stockdunkel.

Die sechste Nummer beginnt:

Die Feueranbeter

Nach einer Weile steigen in der schwarzen Finsternis ruhig drei rothe, breite Feuersäulen aus dem Boden heraus. Sie werden zusehends grösser und steigen senkrecht in die Höh. Der Schaft brennt ganz ruhig, nur die dünnen Spitzen wackeln – wie gegen den Strom schwimmende Aale. Lautlos lodern die steifen majestätischen Flammen in den Nachthimmel.

Die beiden seitlich brennenden Feuersäulen erscheinen breiter und grösser, da sie mehr im Vordergrunde stehen. Das mittlere Feuer brennt hinten, und vor ihm liegt ein grosser runder Opferstein; neben und hinter diesem werden menschliche Gestalten sichtbar.

Persische Priester sind's. Sie reden viel. Doch was sie reden, hat Nichts zu thun mit den heiligen Flammen. Diese Priester denken an Opfer und Gottesdienst ganz und gar nicht. Über die Zustände in der Chalifenburg reden sie. Auch ein alter Zindyk, ein Gottesleugner, ist unter ihnen – dem erklären sie flüsternd und mit wichtigen Mienen, wer eigentlich in der Chalifenburg regiert.

»In Bagdad,« sagt der eine Priester unter Anderm, »geht's am Hofe nicht viel besser zu als an den übrigen Höfen des Orients. Es ist überall derselbe mühselige Kampf. Und es ist natürlich kein offener ehrlicher Kampf. Alle wollen mitregieren. Jeder Beamte der Chalifenburg will mitregieren. Das will sogar jeder Eunuch – selbst der gemeinste Stallknecht will das. Aber eins ist sicher: nur Wenige haben höhere Ziele im Auge – die Meisten sind mit ein paar Tausend Dirham vollauf zufrieden. Stopf ihnen das Maul mit Gold, und sie sind für Alles zu haben. Die Barmekiden aber, die es nie vergessen, dass sie Perser sind wie wir, haben augenblicklich die grösste Macht in ihren Händen – das glaub nur!«

Ein lautes Gemurmel unterbricht das Gespräch. Dreissig Barmekiden erscheinen neben der hinteren Feuersäule. Sie werden mit Eifer begrüsst. Es sind jüngere und ältere Leute, die zumeist mit den Vezieren verschwägert sind. Fahdl schreitet seinen Verwandten voran. An seiner Hand blitzt des Chalifen grosser Siegelring, der immer noch die grösste Macht in sich birgt.

Man plaudert zunächst sehr lebhaft über die sechs Millionen, die Harun den Sängerinnen an die Köpfe warf. Man schimpft sehr heftig darüber, hält es für unverantwortlich, in den Staatskassen so viel loses Geld aufzubewahren, und wirft der Regierung in verblümter Form grobe Fahrlässigkeit vor.

Fahdl vertheidigt die Verwalter der Staatskassen und bemerkt am Schluss seiner Rede:

»So einfach ist die Regierungskunst nicht zu erlernen. Ihr versteht uns noch nicht. Die lumpigen sechs Millionen Dirham sind nicht der Rede werth. Harun fing wieder die dümmsten Geschichten an: er ärgerte sich, dass seine Befehle nicht so ausgeführt wurden, wie die der Barmekiden. Daher kam uns der Goldregen durchaus nicht ungelegen; er befestigte wieder das Selbstbewusstsein des Chalifen. Die sechs Millionen waren auch sonst noch ganz schön. Ihr wisst doch, dass Haruns Schwester Holagga die Sängerinnen unter sich hat, leitet und schützt. Und Ihr wisst auch, dass die Regierungspartei der Holagga sehr viel zu sagen haben möchte und aussergewöhnlich habgierig ist. Diesem Sängervolk ist nun für längere Zeit das freche Maul gestopft. Ist das nicht ein grosses Glück? Ausserdem ist Harun wieder mal auf andre Gedanken gekommen, was wahrscheinlich *auch* nicht schaden kann. Er hat doch immer noch die lächerliche Neigung, bei allen Regierungsgeschäften dreinreden zu wollen. Seine so wenig vornehmen Angewohnheiten müssen durch andre ungefährliche ersetzt werden. Ein Chalif muss die Regierungsgeschäfte einfach vergessen. Das kann schon ein paar Millionen kosten – viel mehr noch als sechs – es geht doch nicht anders. Man soll ausserdem den Menschen, die man lenken will, möglichst viele Freiheiten gewähren, damit sie die Lenkstange nicht so bemerken. Jeder Fürst muss sich immer einbilden, dass Alles nach seiner Pfeife tanzt. Er muss sich stets für ganz unabhängig halten. Nur ein Narr, der fest daran glaubt, dass er machen darf, was er will, kann in eine gehorsame Gliederpuppe verwandelt werden.«

Es wird still im Kreise.

Die Priester reichen alten Wein herum.

Fahdl ertheilt viele Aufträge, verbreitet Gerüchte und thut geheimnisvoll, hetzt und verleumdet, schöpft Verdacht gegen die Unschuldigsten, schreibt Haftbefehle und viele andre Befehle aus, horcht immer mit allen Ohren und schwatzt dabei kaltblütig drauf los. Doch er weiss, dass er schwatzt. Er will nur, dass die Andern auch schwatzen, was sie natürlich thun – und nicht zu knapp. Er lügt und sagt, dass er lügt. Er giebt der Wahrheit öfters einen unglaubwürdigen Anstrich. Er wirft immer mit Absicht Wahres und Falsches durcheinander und sagt, dass er das thut. Er verwirrt und erheitert – fesselt aber Alle, sodass sie seine Worte nicht vergessen. Er ist sehr lebhaft und sehr aufgeräumt. Der Zindyk ist entzückt von dem Vezier. Man trinkt gemüthlich den alten Wein, sitzt mit untergeschlagenen Beinen auf dem alten Opferstein und ist in so fröhlicher Laune, als wenn man ohne jede Absicht zusammengekommen wäre – während doch Jeder mit Beharrlichkeit nur seine besonderen Wünsche durchzusetzen sucht.

Die Gesellschaft ist sehr klug – aber sie betont ihre Klugheit nicht.

Mit dem Zindyk unterhält sich der Vezier ganz besonders und in höflichster Form. Fast vertraulich sagt er:

»Ja, wenn wir unsern Bruder Djafar nicht hätten – wo wären wir dann? Ein harmloser Bruder ist mehr werth als ein harmloser Freund. Harun hat seinen Narren an dem Djafar gefressen. Von der Heirat hast Du gehört, nicht wahr? Na, Allah sei gelobt! Entschuldige die Redensart! Das Schrecklichste ist nur die unersättliche Habsucht der verschiedenen Parteien – und dann ihre Verschwendungssucht! Djafar leistet darin auch was Gehöriges. Die Partei der Zobaïda muss jetzt viel schärfer im Auge behalten und überall verdächtigt werden. Zobaïda ist die einzige Frau, die dem Harun zwei Kinder geboren hat, die ohne Weiteres ein Erbrecht besitzen. Ihre beiden Söhne Emin und Mamun sind schöne Pflänzchen – die haben schon ihren eigenen Anhang, der auch bald wieder unterstützungsbedürftig ist. Diese beiden Prinzen fehlten uns auch grade noch. Dabei soll ein Mensch seine Laune behalten. Vergiss nicht, die Zobaïda zu verdächtigen!«

Der Zindyk will was erwidern, er meint bedächtig:

»Am Hofe sind also Alle einander zu Danke verpflichtet – und in Folge dessen nur die Undankbaren frei!«

»Hoho!« ruft da der Vezier, »Dankbarkeit ist die alte Münze, mit der immer noch bezahlt werden muss. Fällt es Einem ein, mit dieser Münze nicht herauszurücken, so nimmt man ihm einfach die gelieferten Wohlthaten wieder weg und jagt ihn zum Teufel. Doch entschuldige – es erscheint der Papa!«

Der alte Jahjah ibn Chalid ibn Barmek naht in der That, und Alles eilt ihm ehrfurchtsvoll entgegen.

Jahjah ist in sehr schlechter verdrossener Gemüthsverfassung.

»Ihr seid ja ausserordentlich vergnügt!« hebt er mürrisch an, »und dabei hat sich der Alide Jahjah ibn Abdallah gegen Harun empört und bedroht ihn mit Waffengewalt. Es kommt wahrscheinlich zum Kriege.«

Alle drängen sich mit grossen Augen in des Alten Nähe, und der fährt barsch fort:

»Wir wollen aber nicht blos *hoffen*, dass es zum Kriege kommt. Wir wollen thun, was wir können, *dass* es so weit kommt. Es ist ein Glück, dass dieser Alide da ist – den müsst Ihr jetzt ordentlich reizen. Ich hab' Euch aufgeschrieben, was Ihr zu thun habt.«

Er giebt Jedem ohne Ausnahme eine kleine Papyrus-Rolle und spricht auf Jeden mit Nachdruck ein.

Jahjah wendet sich, nachdem er die Rollen vertheilt hat, väterlich an seinen Sohn Fahdl, sodass es Alle sehen und hören, mit diesen Worten:

»Fahdl, seien wir glücklich, dass dieser Jahjah ibn Abdallah lebt. Wenn er nicht da wäre, müssten wir einen andern Helden zum Rebellen machen – was nicht leicht ist, wie Du weisst. Harun muss von Zeit zu Zeit Rebellen bekriegen, sonst ist ihm nicht wohl. Er wird auch durch Djafar und Abbasah viel zu heftig aufgeregt. Kein Mensch kann alle Tage Feste feiern. Jeder Mensch muss sein Steckenpferd haben, auf dem er ausruhen kann. So braucht Harun die Rebellen, Djafar muss die Weiber haben, Fahdl muss Ränke spinnen – und ich muss meine herrlichen Söhne haben – muss mich als alter Papa fühlen – ja! ja! so hat Jeder sein Steckenpferd.«

Fahdl nickt mit dem Kopf und blinkt mit den Augen.

Die Priester und Barmekiden studiren eifrig ihre Papyrus-Rollen; der Zindyk hat auch eine.

Die drei Feuersäulen verkleinern sich währenddem – und verlöschen plötzlich.

Wieder stockdunkle Nacht – in der Nichts zu sehen ist.

Doch wie die kühle Nachtluft auf die Europäer zudringt, entstehen kleine Sonnen in der Finsternis – die brennen alle.

Die Flammen der brennenden Sonnen schlagen sämmtlich nach links, als wenn der Wind von rechts weht.

Die Flammen lodern wie rothe flackernde Haare.

Riesensterne sind die Sonnen, die da flackernd im Nachthimmel brennen.

Die Europäer fragen sich, ob Freudenfeuer oder Kriegsfackeln den Brand entzündet haben. Zuletzt meinen sie, es seien die heiligen Riesenflammen ferner Feueranbeter.

Die Europäer sprechen aber ihre Gedanken nicht laut aus; es ist so unheimlich still in dem feurigen Himmel, dass das Wort auf der Lippe stirbt.

Der Sonnenbrand bringt keinen Ton hervor, knistert nicht mal.

Es ist so grabesstill im ganzen All wie nachts in der kalten Moschee.

Eine Welt voll Feuer – und doch – eine schweigende Welt.

Die Stimme der Löwen tönt, als sie wieder mit ihren Reden loslegen, ungemein laut.

Pix, der gemüthliche Dicke, sagt, indem er die Europäer aufmerksam mustert:

»Das nennt man ein Kapitel aus der höheren Politik! Ihr scheint dafür sehr viel Verständnis zu haben. Man merkt, dass Ihr Eure papiernen Zeitungen mit Aufmerksamkeit zu lesen pflegt. Eigentlich könntet Ihr in Europa was Besseres lesen – aber Ihr werdet ja niemals klug werden. Ihr benehmt Euch immerhin so anständig, dass Ihr ruhig mit einander sprechen dürft. Ihr könnt uns auch gelegentlich Etwas fragen, wenn Ihr Etwas nicht verstehen solltet.«

Pix stochert sich nach dieser Rede mit der Lanze eines alten Syrers in den Zähnen herum.

Pixens Brüder reinigen sich mit Schinkenmessern die Krallen.

Die Europäer flüstern sich gegenseitig was zu. Es wagt aber Keiner, sich jetzt schon mit einer Frage an die Löwen zu wenden; die Löwen warten darauf vergeblich.

Die brennenden Sonnen verlöschen allmählich – einzeln – langsam – nie zwei auf ein Mal.

Die Löwen putzen sich die Krallen.

Die Europäer flüstern.

Es wird wieder ganz dunkel.

Die siebente Nummer beginnt:

Der Treubruch

Oben wird's heller. Unten werden Blätterschatten sichtbar; dunkle Palmen recken sich in einen Himmel, der immer heller wird. In der Mitte wächst ein altes Gemäuer aus dem Boden heraus – mit einem viereckigen Thurm.

Und Alles wird immer deutlicher; Mondlicht dringt überall durch – das wird immer stärker.

Bald steht der viereckige Thurm im grellsten Mondlicht da – doch der Mond selbst ist nicht zu sehn.

Das Mondlicht macht die Blätter der Palmen flimmernd und hell glänzend.

Oben auf dem Thurm reckt sich langsam ein Weib in die Höhe – es ist die Abbasah. Neben ihr kommt der Djafar zum Vorschein. Des Chalifen Schwester wird von dem Barmekiden auf die Stirn geküsst und sanft gestreichelt.

Sie blicken dann lange Arm in Arm in die Mondespracht und lassen sich dann los und athmen tief auf, als wären schwer lastende Ketten ihnen abgenommen; lautlos recken sie die Arme und die Hände hoch auf, als fühlten sie sich zum ersten Male – fessellos.

»Jetzt bin ich frei!« schreit die Abbasah.

»Du bist sehr drollig!« sagt leise der Barmekide. Und er küsst ihr lächelnd beide Hände. Doch die schöne Frau wird sehr ärgerlich.

»Wie?« zischt sie, »drollig bin ich? drollig bin ich, weil ich jetzt frei bin? Djafar, bin ich Dir nicht mehr als alle andern Weiber? war Dir meine Liebe blos ein Spass? Hab' ich Dir nicht mehr gegeben, als Dir die Weiber Deines Harems bieten? Willst Du mich beschimpfen? Djafar, mach mich nicht rasend! Ich bin nicht Deine Sklavin, ich bin auch nicht Dein Kebsweib! Ich bin ein freies Weib! Und ich habe mich ohne Zwang als freies Weib Dir hingegeben, weil ich in Dir den freien Mann erkannte, der meine ›freie Liebe‹ verstehen kann. Hast Du nicht gewusst, warum ich Dich liebte? Lüge nicht! Du weisst, was uns vereint. Weil uns Beide das Leben mit so masslosem Ekel erfüllt – deswegen lieben wir uns. Du verachtest dieses Leben wie ich – deswegen gehören wir zusammen. Warum sprichst Du nicht? Djafar, wir wollen endlich ›freie‹ Menschen sein. Ja, ich bin Dein Weib, aber ich bin Dein ›freies‹ Weib! Ich verachte dieses Leben so leidenschaftlich wie Du! Djafar, das vereint uns!«

Sie fällt vor ihm nieder und umklammert seinen Leib.

Und der Barmekide spricht väterlich-ernst – von oben herab:

»Liebes Kind, mit dieser Wildheit verachtest Du das Leben? Leidenschaftlich verachtest Du das Leben? Du irrst Dich! In so heftiger Form verachtet man dieses Leben nicht. Nein – für Dich hat das Leben noch immer einen grossen Werth. Die Verachtung des Lebens vereint uns nicht. Es ist was Andres.«

»Djafar,« spricht sie leise, »Du siehst immer so sicher aus, so heiter und ruhig – und doch blitzt Etwas in Deinem Auge, das mich wie wilde freche Verzweiflung anstiert. Die wilde freche Verzweiflung, die Dich nie aus ihren Klauen lässt und Dich zu Allem fähig macht – die hat's mir angethan. Ich habe dasselbe Blut wie Du, mich hat es auch toll gemacht. Unsre Natur hetzt uns, wir müssen Beide immer rücksichtslos drauf losgehn – ohne Furcht – wie gereizte Stiere – – und das vereint uns.«

»Gut!« ruft Djafar, »sehr gut! ausserordentlich gut! wir sind wie zwei alte Schurken, die ganz genau wissen, dass sie dem Galgen doch nicht entfliehen können und daher nie daran denken, sich zu bessern. Wir sind wie zwei Mücken, die ganz genau wissen, dass sie doch in der nächsten Laterne verbrennen, wenn sie auch noch so weit wegfliegen. Die Galgenlustigkeit vereint uns, die Du nicht so ohne Weiteres freche wilde Verzweiflung nennen solltest. Du nimmst unsre Tollheit ein bischen zu ernst. Wozu redst Du ausserdem noch so viel von der Freiheit? Warum willst Du immer ›frei‹ sein? Es ist so drollig, wenn man das noch will. Wir werden niemals frei sein.«

»Es quält mich was,« entgegnet die Abbasah, »ich weiss nicht, was es ist. Harun ist's nicht allein. Er hat mir ja so viele Freiheit gelassen. Ja! Ja! Aber was für Freiheit war das! Es liegt immer auf meiner Brust wie ein Druck. Ich glaubte manchmal, es sei nur die ganze Luft dieses Hofes daran schuld. Ich möcht' oft so gerne raus – raus! Verstehst Du mich nicht? Ich will immer Etwas. Aber ich kann garnicht sagen, was das eigentlich ist... *frei* will ich sein! Djafar, ich liebe Dich! Und meine Liebe zu Dir hat mich frei gemacht. Glaub's mir! Du bist mein Erlöser!«

»Na, denn ist ja Alles gut!« sagt darauf der herrliche Barmekidenspross, »also jetzt bist Du doch wenigstens frei! Na, wenn Du nur frei bist! Wunderhübsch, dass Dir das so leicht fällt. Vergiss nur nie, dass Du frei bist...Ja, wodurch wollen wir uns *nicht* frei machen? Wir wollen immer in den Himmel hineinspazieren, können's aber nicht. Schliesslich glauben wir, dass ein verrücktes Leben uns dazu befähigt. Es ist aber Alles Unsinn – Thorheit! Wir sind nicht frei – Du auch nicht.«

»Doch!« schreit sie heftig, »jetzt fühle ich mich frei, und daher bin ich's. Meine Liebe macht mich frei!«

»Der alte Irrthum!« erwidert er, »leider hält er nicht vor. Wenn wir mal tot sind – dann könnten wir vielleicht frei sein. Nur der Tod – der lustige Tod – kann uns ›frei‹ machen.«

»In Deinen Armen!« kreischt das Weib.

Djafar fasst es an den Schultern und reisst es empor, thut bös, dass es so lange vor ihm auf den Knieen lag, behauptet, dass sich solche Lage für ›freie‹ Weiber nicht schicke.

Doch plötzlich bemerkt er, dass Abbasah die Kleider ihrer Sklavin Onabba anhat, dass die Onabba demnach um die Zusammenkunft auf dem alten Thurme weiss.

»Schöne Geschichte!« murmelt er dumpf, »mein Liebchen, mir wackelt schon der Kopf. Nun, wir wollen uns vor dem Tode nicht fürchten. Wir verachten ja Beide dieses Leben so masslos, uns erfüllt ja dieses Leben mit so masslosem Ekel. Ja! Ja! Hast Recht! Vor seinem Sarge soll der Mensch lieben. Jawohl, die Liebe macht frei – wenn Einem zum Dank dafür der Kopf abgeschlagen wird. Abbasah, komm wieder an mein Herz! Die Mondnacht ist kühl. Wir wollen in den Saal hinuntergehn. Dort drüben seh' ich Fackeln.«

»Feigling!« flüstert die schöne Frau, »Dein Eunuchenhabit ist vorsichtiger gewählt als mein Sklavenkleid. Hast Recht! Die freien Menschen sollen sich vor den Sklaven in Acht nehmen – ich war unvorsichtig. Komm, wir wollen unsern Sarg suchen – hier im Thurm muss einer sein. Djafar, *im* Sarge lieben – hei! das ist noch besser als *vor* dem Sarge – das macht frei! Nicht? Komm in den Keller hinunter! Ich weiss genau: dort steht noch ein leerer Sarg – der ist breit! Djafar, dadrinn feiern wir das Fest unsrer ›freien‹ Liebe – komm schnell!«

Beide verschwinden im Thurm.

Ueber den Palmen erscheint plötzlich ein helles Bild – Mekka mit dem Grabe des Propheten und unzähligen Pilgern! Das Bild zittert in der Luft.

Mit donnerndem Gekrach stürzt die Mondlandschaft mit den Palmen und dem viereckigen Thurm in die Tiefe.

Und Mekka rückt mit einem Ruck in den Vordergrund.

Die Europäer sehen den Markt und die grosse Moschee ganz gross und deutlich. Die Pilger ziehen in langen Scharen in geschäftiger Eile vorüber.

Grelles Sonnenlicht durchleuchtet das bewegte Bild.

Die Löwen brechen in schallendes Gelächter aus.

Die Löwen wälzen sich im Wüstensande und stehen plötzlich auf den Vorderpfoten, recken die Hinterpfoten so hoch in die Luft, dass sie mit den Krallen beinah die zum Himmel anfragende Schwanzspitze berühren.

Ein Anblick für Götter!

Das schallende Gelächter donnert durch die syrische Wüste wie eine europäische Kanonenschlacht – den Europäern wird ungemüthlich zu Muthe.

Glücklicher Weise ergreift nach Beruhigung der unmässigen Heiterkeit der gemüthliche Pix zuerst das Wort, was auch zur Beruhigung der Europäer beiträgt.

»Also nun sind wir endlich,« bemerkt er mit Gebrülle, »mittendrinn in der Geschichte! Europäer, ich sage Euch: die Geschichte kann gut werden! Starker Toback! Starker Toback! Die Freiheit des Weibes ist eine sehr feine Freiheit. Kinder, jetzt wollen wir mal ein bischen mitreden! Knaff, wie denkst Du über die freie Frau? Rede, mein lieber Bruder!«

»Pix!« ruft Knaff, »ich bin einfach empört. Diese Sucht nach Freiheit ist Nichts weiter als Hetärenbrunst. Diese Abbasah ist ein ganz freches Frauenzimmer. Entschuldige die groben Worte – aber ich kann mir nicht helfen! Der Harun ist allerdings auch 'ne gute Nummer. Hier im Orient werden die Weiber im Allgemeinen so vortrefflich behandelt: man sperrt sie einfach ein. Und da will dieser Harun die Weiber wieder mal in voller Freiheit sehen, statt froh zu sein, dass sie durch die guten und edlen orientalischen Haremssitten unschädlich gemacht wurden. Harun ist ein unsittlicher Wüstling, er sollte doch wissen, dass jede Art von Frauenfreiheit ins schmutzige Gebiet der Sittenlosigkeit hineinführt. Dass bei den weiblichen Freiheitskämpfen heroische Reden gehalten werden, darf uns nicht in Erstaunen setzen – das Klugreden ist ja bei allen jenen Versuchen, die die alte Zucht und Ordnung umkrempeln wollen, von jeher an der Tagesordnung gewesen. Wundern muss ich mich nur, woher manchmal die Weiber ihre Weisheit hernehmen. Die Abbasah redet zuweilen trotz vieler Quasselei genau so verständig wie ein Buch. Woher hat sie all die Weisheit?«

»Aber Knaff!« schreit da der scharfsinnige Olli, »wie kannst Du nur so einfältig fragen! Du bist ja so kurzsichtig wie 'n blinder Elephant! Die Frauen haben ihre Weisheit stets von den Männern her, denen sie in Liebe angehörten. Die Abbasah macht keine Ausnahme. Die Geburt der Frauenbildung geht stets in derselben Weise vor sich. Die Freiheitsgeschichte hat die Abbasah vom Harun – das Uebrige vom Djafar. Nun sucht sie beide Einflüsse mit einander zu verquicken. Das ist doch so einfach und klar. Knaff, ich muss mich sehr wundern, dass Du so unreife Fragen laut werden lässt. Ich glaube, Du siehst noch garnicht, wie schrecklich es ist, dass die beiden Männer so viel von der Abbasah halten – das ist eigentlich das Traurigste an der ganzen Geschichte. Ja, die Beiden leiden an der Ueberschätzung des Weibes beinah so heftig wie die armen Europäer.«

Bei diesen Worten räuspert sich der Frimm sehr vernehmlich und sagt danach brummig:

»Für das Traurigste an der ganzen Geschichte halte ich die Thatsache, dass die Freiheit, die nur auf Treubruch abzielt, beim besten Willen nicht für vornehm – nicht einmal für anständig gehalten werden kann. Nur der Treubruch macht frei: das ist die Quintessenz der Weiberweisheit. Ich befasse mich nicht gern mit so unsauberen Geschichten.«

Frimm knallt lässig mit dem Schwanz und geht langsam südwärts, Pix meint freundlich:

»Wir wollen dem armen Frimm den vornehmen Abgang nicht weiter übelnehmen. Uns macht es ja ebenfalls keinen Spass, hier die lustigen Schulmeister zu spielen. Meine lieben Europäer, Ihr seid sonst ganz gute Menschen, aber beklagenswerth ist in jedem Falle Eure Unwissenheit in allen den Dingen, durch die der Orient für alle Zeiten seine unerschütterliche Weltstellung begründete. Der Orient hat namentlich in der Frauenfrage schon vor vielen Jahrtausenden das entscheidende Wort gesprochen. Er hat die Frauen in drei Klassen eingeteilt: in Mütter, Kebsweiber und Hetären; die beiden ersteren werden in den Harem, die letztere ins Bordell gethan – und Alles ist gut und schön. Wir werden im weiteren Verlaufe des Schauspiels noch öfters Gelegenheit haben, die Vortrefflichkeit der orientalischen Behandlung aller Frauenfragen auf allen Seiten hübsch und kräftig zu beleuchten.«

»Nicht zu hastig!« donnert anitzo der Löwe Plusa, »die Einsperrungsarie scheint mir im Orient doch nicht so ganz glatt von Statten zu gehen; so einfach ist das Alles nicht. Mein erlauchter Bruder scheint die verschiedenen Stadien der Frauenbändigung in allzu rosigen Farben malen zu wollen. Jedenfalls ist das orientalische Einkapselungssystem sehr praktisch. Es liegt ja Garnichts daran, dass die Frau bei der Zuchtwahl mitredet – aber so ganz gleichgiltig kann ihr die Angelegenheit doch nicht sein.«

»Du wirst wieder,« brüllt jetzt Pix, während er vor Erregung ganz dunkelblau wird, »mächtig unverschämt. Du scheinst Dich über Deine Brüder lustig zu machen. Wir verbitten uns das ernstlich. Hört weiter, Europäer! Dadurch, dass der Orientale die Frauen dem öffentlichen Leben entzieht, reinigt er dieses, und es werden jene langweiligen Liebesromane, die bei Euch in Europa eine so unangenehme Rolle im Kunstleben spielen, vollständig beseitigt. Diese Liebesromane sind ja nur ein Produkt der Monogamie. Der Orient hat den ganzen Liebesrummel so vereinfacht, dass langweilige Romane nach europäischem Muster hier niemals Wurzel fassen könnten!«

»Auch das,« entgegnet Plusa mit seiner klaren Stimme, »möchte ich höflichst bezweifeln. Wir müssen in unseren Schulmeisterreden ein wenig vorsichtiger sein.«

Kaum aber hat der freche Plusa das gesagt, so drehen ihm die vier anderen Löwen den Rücken und schlagen so heftig kratzend mit den Hintertatzen aus, dass der gelbe Wüstensand in wirbelnden Wolken dem frechen Plusa in die Nase, in den Rachen, in die Ohren und in die Augen fliegt.

Diese That der Vier findet der Betroffene gemein und niederträchtig.

»Rohe Lümmels!« brüllt er in heller Wuth – kommt aber nicht weiter.

Die achte Nummer beginnt:

Der Harmlose

Das Bild von Mekka hebt sich ein wenig und geht nach links ab, als wenn's geschoben würde; die Moschee verschwindet, der Markt verschwindet und die Pilger desgleichen.

Und die Wüste kommt vor – mit Kameelen und Hyänen.

Aber die Wüste steht nicht still, sie geht auch nach links – und zwar immer schneller – immer hastiger.

Oasen mit Palmen, Felsen und Quellen flitzen nur so vorüber. Die ganze arabische Wüste rast so schnell an den Europäern vorbei, als wenn die in einem europäischen Blitzzuge sässen und nicht im Syrerland.

Und durch die arabische Wüste jagen bunte Reiterscharen im gestreckten Galopp von links nach rechts – das sind die wilden Krieger des allmächtigen Harun!

Immer mehr Reiter erscheinen auf der Bildfläche – ganze Heere! Und dazwischen rennt viel Fussvolk ohne Stiefel mit blitzenden Klingen und blitzenden blutdürstigen Augen.

Alle Krieger Haruns sind bis an die Zähne bewaffnet. Die Lanzenspitzen der Beduinen leuchten im Sonnenlicht, die Hauptleute fluchen – und Alles ist voll Kampfgier.

Die Landschaft geht immer nach links, und die Krieger gehen nach rechts, sodass diese länger zu sehen sind. Lange Karawanen folgen den Heeresmassen; die Kameele laufen auch, dass die Leiber kaum mitkommen können.

Und dann erscheint Harun mit den Feldherrn.

Fesselten schon die unzähligen Farben der Heeresmassen, die wie ein Blütensturm vorüberwirbelten, mächtig das Auge der Europäer – so war das doch noch Garnichts – denn Harun mit seinem Gefolge entzündet einen blendenden Farbenrausch – der ist viel viel bunter als die ganze Welt und funkelt dazu, da die reichen Araber unter Harun mit Diamanten und Edelsteinen nicht sparsam umgehn.

Der grosse Chalif, der breiter und stärker ist als sein ganzes Gefolge, sitzt auf einem sehr kräftigen schwarzen Hengst, dessen hochgewölbte Brust ein hellbrauner mit blauen Saphiren besetzter Ledergurt umspannt. Steigbügel, Sattel und Zaumzeug sind ebenfalls hellbraun und mit Saphiren besetzt – Alles ist breit, gross und fest wie Harun selbst. Seine mächtige Gestalt ist mit golddurchwirkten Gewändern umhüllt, die auch überall mit grossen dunkelblauen Saphiren beschwert sind. Oben am grünen Turban strahlt ein eigrosser Saphir. Aber die schwarzen Augen im vollen braunen Antlitz des Fürsten brennen stärker als alle Edelsteine; er streichelt mit der Linken seinen schwarzen Bart und hebt mit der Rechten seinen krummen Säbel empor.

Mit einem Schenkeldruck zügelt der Chalif sein Ross und ruft seine Feldherren heran.

Und die Landschaft steht still.

Die glänzenden Feldherren kommen – der ganz knallroth gekleidete Henker kommt in erster Reihe – und Alle – hoch zu Ross – bilden ein buntes funkelndes Bild.

Harun in der Mitte ist ganz voll Seligkeit – Rebellen bekriegen, macht ihm Spass.

Nach einer kurzen Rede des Chalifen sprengt die stattliche Reiterschar mit gezücktem Säbel weiter – nach rechts ab.

Der Wüstenboden steigt langsam höher und höher und verschwindet in der Höhe – unter ihm sehen die Europäer einen schattigen Garten der Chalifenburg im fernen Bagdad mit dem blauen Tigris und einem kleinen Kiosk.

Im Kiosk sitzt die Abbasah und wartet auf ihren Djafar, doch der lässt nicht lange auf sich warten – er erscheint schon, er trägt Sklaventracht, kurzen gelben Leinenrock, der nur bis zum Knie reicht und auch die Arme frei lässt; die braunen Beine und Arme sehen etwas staubig aus. Die Abbasah nickt ihrem Geliebten freundlich zu, und der reisst im Kiosk sein gelbes Kopftuch ab, sinkt zu ihren Füssen nieder und bleibt da liegen. Die Abbasah blickt in den blauen Tigris und streichelt dabei Djafars schwarze Haare.

Doch das Bild versinkt sofort wieder in die Tiefe, aus der's herauskam, und der Wüstenboden kommt wieder herunter und verdeckt Alles.

Und abermals Pferdegetrappel und dazu wildes Kriegsgeschrei: von links stürzen in unabsehbar langer Front die Krieger des Rebellen Jahjah ibn Abdallah herein, und von rechts bricht Harun mit seinen Scharen auch in unabsehbar langer Front herein. In der Mitte prallen die Schlachtlinien auf einander. Furchtbar ist das Getöse der Schlacht! Es kämpfen an die hundert Tausend Mann.

Riesige Staubwolken wirbeln empor und verhüllen das Bild. Dumpf dröhnt das Gestampfe der Rosse, durch das die Säbel und Schilde hell hindurchklingen. Der Boden zittert.

Wie die Staubwolken fallen, sehen die Europäer, dass neben verreckenden Pferden unzählige Tote und Verwundete den Kampfplatz bedecken. Schauerlich hallt das Wuthgebrüll der sterbenden Krieger zum Himmel.

Im Hintergrunde tobt die Schlacht weiter.

Die Landschaft aber setzt sich wieder in Bewegung und geht mit der ganzen Schlacht links ab.

Wieder flitzen die Oasen und Felsen, die Palmen, Quellen und Karawanen an den Augen der Europäer vorbei....

Dann geht's mit einem Male langsamer, und ein grosses Feldlager mit unzähligen Zelten bleibt auf der Naturbühne stehn. Überall brennen Holzhaufen und Fackeln.

Harun sitzt mit nacktem Oberkörper vor dem grössten der Zelte und lässt sich den linken Oberarm verbinden, mit der Rechten schwingt er seinen von Blut ganz rothen Säbel und zertheilt mit ihm ein gebratenes Lamm und fängt dann an, mit Eifer zu essen, ohne sich um die beiden Ärzte zu seiner Linken zu kümmern. Die ungeheuer breite schwarz behaarte Brust hebt und senkt sich sehr schnell, denn er hat sich nach dem Kampfe noch garnicht ausgeruht. Der knusprige Lammbraten schmeckt ihm vorzüglich; die Europäer hören deutlich, wie die Knochen des Lamms im Munde des Chalifen knacken und brechen.

Ringsum bewegtes Lagerleben – die Köche und Aerzte haben sehr viel zu thun – die Schlacht war heiss.

Ueber den Zelten zeigt sich eine grosse weisse Lichtscheibe, die hin- und herwackelt. Und plötzlich versinkt das ganze Lager, dass nur noch die Spitzen der Zeltdächer zu sehen sind. Die Lichtscheibe steht still.

Die untere Hälfte der Scheibe verwandelt sich in einen dunklen See, der nur am Ufer von Mondlicht erhellt wird. Und am Ufer im Schilf kommt ein Kahn hervor – in dem sitzen Djafar und Abbasah – sie halten sich fest umschlungen und flüstern sich Liebesworte ins Ohr. Die Europäer müssen ihre Operngucker mehr rausschrauben und die Schallfänger breiter machen.

Die Abbasah ruft schwärmerisch:

»Horch, Djafar, dort drüben flötet eine Nachtigall – wie die jauchzt! Jetzt möcht' ich meine Lautenspieler hier haben. Die hätten doch hier im Schilf spielen können. Warum hast Du nicht daran gedacht? Du denkst auch an Garnichts!«

Das runde Bild fällt nach diesen Worten wie ein runterfallender Mond in die Tiefe, und gleichzeitig verschwinden die Spitzen der Zeltdächer – dafür wird unten ein wildes Stimmengewirr hörbar, Rossegewieher und Schwerterklang.

Und ein Schlachtbild erhebt sich aus dem Boden – das ist noch wilder als das andre. Es wird vom Mondlicht bestrahlt und nicht von Staubwolken verdeckt.

In wilder Hast jagen Beduinenscharen mit leuchtenden Lanzenspitzen vorüber, Fahnen flattern, die Hauptleute fluchen unheimlich.

Die Reiter hauen und stechen auf einander los, Pferde stürzen, dumpfe Pauken dröhnen – und in der Mitte sieht man wieder den riesigen Harun auf seinem schwarzen Streitross – er holt mit einer riesigen Streitaxt zum Schlage aus – Alles brüllt – Der Vorhang fällt.

Die Löwen lächeln, denn zu ihren Füssen steht ihr Lieblingsgericht: Klapperschlangen in Unkentunke. Die schmecken besonders in der Nacht sehr schön.

Die Europäer staunen den neuen Vorhang an, der von oben bis unten mit herrlichen schnörkelreichen Goldstickereien bedeckt ist. Ein kraftvolles, knotiges, vielgekrümmtes Rankenwerk mit dicken Fruchtknollen und hakigen Menschennasen!

In der Mitte des Vorhangs sitzt ein grosses, scheusslich dickes Negerweib, das die Europäer mit traurigen Augen anglotzt. Die Haut des dicken nackten Weibes ist tiefschwarz wie Ebenholz. Aber schön ist dieses schwarze Weib nicht zu nennen, denn die Formen desselben sind so üppig, dass man eine Auflösung – ein Auseinanderfliessen – befürchten muss.

Die Löwen speisen mit vielem Vergnügen, aber sie vergessen dabei das Reden keineswegs.

Plusa hebt mit seiner Rechten ein dickes Stück Schlangenhals empor und spricht ernst also:

»Brüder, wir sind ächte Geister und sind niemals traurig wie Menschen; eine Thräne, wie sie Menschen weinen, rann noch nie über unsre Wangen – und das wird auch in Ewigkeit nicht vorkommen. Wir sind immer gleich wieder lustig, auch wenn uns mal was weh that. Ihr habt mir weh gethan – doch ich bin schon wieder lustig. Sagt mir drum, ich bin ja so dumm, warum sollen die Weiber keine Freiheit haben – wie die Männer? Das hab’ ich immer noch nicht begriffen.«

Frimm schluckt hastig einen Löffel Unkentunke runter und erwidert grimmig:

»Aller Spektakel geht doch gewöhnlich nur von den Frauen aus – diese bringen allen Zank und Unfrieden in die Welt. Man muss daher dieses Geschlecht einsperren – und Alles wird gutgehn. Die Fortpflanzungsakte sind eben immer gefahrbringend und lebensgefährlich – deshalb darf den Weibern nicht so viel Freiheit wie den Männern eingeräumt werden. Jede freie Liebe erzeugt höchst schmutzige Verhältnisse – man sehe sich nur Europa an! Die Europäer sollten endlich mal gegen das gesammte Hetärenwesen mit Allem, was drum und dran hängt, energisch Front machen. Das geböte doch schon der Anstand. Der Mann darf doch nicht zum intimen Freunde einer Hetäre werden – der spielt doch nirgendwo eine Heldenrolle. Grade die sexualen Verhältnisse müssen in erster Linie geregelt werden. Unklare und ungeregelte Verhältnisse passen sich doch nicht für anständige Leute. Die Freiheit der Frau führt Hetärenrecht ein und ist doch unsittlich.«

Leidenschaftlich zermalmt der gute Knaff ein Dutzend Schlangenknochen und schreit dann heftig:

»Führt Hetärenrecht ein! Bravo! Hetärenrecht, das natürlich nicht mit dem Rechte der anderen Frauen identisch ist! Das fehlte auch grade noch! Mensch und Mensch ist eben nicht dasselbe, denn schon Pferd und Pferd ist bekanntlich nicht dasselbe. Die Weiber sind schon im Allgemeinen Menschen zweiter Klasse – die Hetären sind aber nur dritter, vierter oder fünfter Klasse, haben daher lange nicht so viel Rechte wie andre Menschen.«

»Nu wart doch nur!« sagt darauf Olli beschwichtigend, »Du darfst die Sache nicht gleich so bösartig anfassen. Du redst ja so gehässig wie ein Weib ›erster‹ Klasse!«

»Aber Olli!« rufen die andern Löwen im Chor; und Pix bemerkt in sehr ernstem Tone: »Es ist sehr wichtig, den Europäern gegenüber öfters zu betonen, dass wir das Weib als Rasseerhalterin durchaus nicht unterschätzen. Es war daher sehr überflüssig von unserm Freunde Knaff, die Frauen als Menschen zweiter Klasse zu bezeichnen. Die schulmeisterliche Rangordnungssucht könnte uns in den Augen der Europäer schaden. Die Erde ist noch mehr als ein Schulhaus.«

Die Löwen haben ihre Schlangen verspeist und nur deren Köpfe übrig gelassen – diese spiessen sie jetzt ihrer Gewohnheit gemäss auf ihre Schwanzspitze; mit ein paar blauen Haaren aus der Mähne werden die Schlangenköpfe festgebunden.

Bei dieser umständlichen Beschäftigung setzt Olli seine scharfsinnigen Betrachtungen über die Konsequenzen des Hetärismus auseinander:

»Würden die Männer das sexuale Leben der Frau in laxer Weise kontrolliren und so dem Hetärenthum Vorschub leisten, so wäre der ungeregelten und damit unbedachten Zuchtwahl Thür und Thor geöffnet, was der Verbesserung der Rasse niemals förderlich sein könnte – und auf die ›Verbesserung‹ der Rasse kommt’s doch an. Die Europäer wissen gewiss, dass die geregelte und wohlbedachte Zuchtwahl auch bei den Hunden und Pferden bessere Resultate zeitigt als die simple natürliche Zuchtwahl. Warum also bei den Menschen anders verfahren? Lässt man der Frau, die doch die ›Verbesserung‹ der Rasse nicht oft im Auge hat, in sexualen Fragen zu viel den Willen – oder gar jeden Willen – so bedeutet das einen Rückfall in die alte vorsintfluthliche Zeit, in der die Mutter das Oberhaupt der Familie war und kein Kind wusste, zu wem es Vater sagen sollte. Solchen Atavismus wird kein vernünftiger Mensch wollen. Wohin steuert also die freie Liebe? In den Hetärismus. Und wohin steuert der Hetärismus? In einen vorsintfluthlichen Zustand hinein, der jederzeit für einen sehr niedrigen gehalten wurde. Das sind die Konsequenzen des Hetärismus! Ich habe Euch das in Eurer Sprache gesagt! Ihr habt mich hoffentlich verstanden, nicht wahr?«

Die Europäer murmeln schüchtern: »Ja!«

Plusa fängt schrecklich zu lachen an und redet also:

»Da brat' mir Einer 'nen Storch! Die Freiheit der Frau ist ein Uebel! Gut! Die Freiheit des Mannes ist aber der Kinder wegen nothwendig, da die Hetären das Sexualsystem der Männer doch von Zeit zu Zeit aufzureizen haben. Ist demnach nicht die Existenz der freien Weiber ebenfalls eine Nothwendigkeit? Haben somit die Hetären nicht mindestens eine eben so grosse Bedeutung und Existenzberechtigung wie die angeketteten Mütter? Diese könnten ja ohne jene garnicht da sein! Was sagt Ihr dazu, Ihr Schlauköppe?«

Die vier anderen Löwen wedeln mit den Schwänzen und blicken nachdenklich in den Wüstensand – dabei nähern sie ihre Schwänze mit den Schlangenköpfen dem Gesichte des Plusa und – schwapp! da hat der Ewigfreche die vier Schlangenköpfe in den Augen und in den Nasenlöchern – und schwapp! da hat er sie noch mal, dass er niesen und Thränen vergiessen muss.

Und über diesen Zwischenfall müssen die Europäer schrecklich lachen, während Plusa vor Schmerz aufbrüllt.

Indess – das Lachen der Europäer empört die Löwen so furchtbar, dass sie donnernd auffahren und den Europäern die Schlangenköpfe an die Köpfe schleudern – und da ist denn das Wehgeschrei bei dem sonst so stillen Publikum.

Raifu hört es, sein Kopf erscheint wieder über dem Vorhang, und seine Stimme dröhnt mächtig durch die Wüste – er sagt drohend:

»Was sollen denn diese Kindereien? Wisst Ihr nicht, was Ihr zu thun habt? Na? Los!«

Und mit ein paar Sätzen sind die Löwen wieder in der Mitte des Vorhangs und reissen ihn knurrend entzwei.

Die neunte Nummer beginnt:

Die Gemahlin!

Es duftet nach Lilienöl und Rosenwasser; Haruns Harem hat sich vor den Europäern aufgethan.

Die Mädchen schlafen auf weichen Teppichen und träumen stillen Unsinn zusammen; die braunen Mädchen schlafen in seidenen Kleidern von dunkelblauer Farbe, die weissen Armenierinnen stecken in dunkelrother Seide, und das schwarze Mohrenvolk prunkt in dunkelgrüner Seide.

Die viereckigen Säulen aus dunklem Aloë- und Sandelholz sind mit hellblauen Türkisen verziert; die Schnüre gehen in Zickzacklinien und wirken wie unbeholfene Blitze.

Hoch oben an der Decke leuchten überall viele viele viereckige Papierampeln; die sind zartgelb, und auf den lang runtergehenden Rechtecken kleben kleine bunte Bilder – Götter und Kinder!

In der Mitte des grossen Saales geht ein Gang tief nach hinten, zu dessen beiden Seiten sich zwei riesengrosse Badebecken befinden, die ein bischen rauchen und nach Palmenblütenwasser duften.

Durch den Mittelgang nahen jetzt an die fünfzig weissgekleidete Eunuchen sehr behäbig und würdevoll – die wecken die Mädchen auf.

Die Eunuchen blasen wie gewöhnlich auf grossen Ochsenhörnern, die nicht grade schön klingende Töne hervorbringen – am wenigsten gefallen den holden Schläferinnen diese Hörnerklänge.

Und der Harem erwacht in schlechter Laune.

Und die schlechte Laune erzeugt sofort Zank und Streit, sodass es sehr bald wie gewöhnlich zu Thätlichkeiten kommt. Es entsteht die schönste Keilerei.

Die zarten Frauen nehmen ihre grossen Stahlspiegel, mit denen sie immer schlafen gehen, und hauen auf die Eunuchen so derb und heftig ein, dass die in helle Wuth gerathen und manches arme Kind boxend zu Boden stossen.

Das giebt natürlich ein herzzerreissendes Gekreisch: Haare werden ausgerissen, Backen zerkratzt, Hörner verballert, Kleider zerfetzt und Teppiche mit Blutstropfen bespritzt.

Der Kampf sieht lebensgefährlich aus; eine Rebellenschlacht Haruns kann kaum mit grösserem Zorne geschlagen werden.

Zum Glück erscheint sehr bald die Herrin des Harems – die grosse Zobaïda – Haruns berühmte Gemahlin!

Und Alles ist im Nu still.

Die Zobaïda nähert sich auch durch den Mittelgang, aber sie geht nicht so schnell wie die Eunuchen – lange nicht so schnell: zwei Sklaven müssen sie rechts und links stützen, denn die hohe Frau ist mächtig schwer; das hat sie nicht blos ihrer beträchtlichen Leibesfülle zu verdanken, sondern viel mehr noch ihren vielen Juwelen, von denen sie sich nie trennen mag.

An jedem Fussgelenk der Gemahlin glänzt ein dicker goldener Fussring, an jedem Zeh sitzen mehrere Ringe mit funkelnden Steinen. Die Handgelenke werden von dicken Armbändern umklammert, an jedem Oberarm prangen nicht weniger als vier starke Goldspangen. Und um Hals und Brust lagern unzählige Ketten. An den Ohrläppchen hängen die dicksten Perlen. Auf dem Kopfe throhnt ein riesiges Diadem. Und die Finger der Hände sind nicht zu sehen, denn sie sind ganz und gar mit Gold und Steinen umwickelt.

Das ist Haruns schwere Gemahlin.

Doch ihre Zunge ist nicht schwer, sie wettert vorn angekommen gleich stürmisch los:

»Ihr rungenfaulen Dirnen, Ihr wollt noch weiter schlafen? Ist das eine Art, ist das gute Sitte? Ihr stinkt ja vor Faulheit. Bereitet Ihr Euch so auf die Ankunft meines hohen Herrn Gemahls vor? Wisst Ihr nicht, dass Er heute Morgen ankommt? Und da schlaft Ihr noch? Mit der Peitsche hätt' ich Euch wecken müssen! Wie ich so jung war wie Ihr, konnt' ich vierzehn Tage lang nicht ein Auge zuthun, wenn ich wusste, dass Er im Anzuge ist. Schämt Euch was! Ihr habt keinen Tropfen gesunden Bluts in den Adern. Man sollt' Euch im Tigris ersäufen – Ihr Luders!«

Sie muss sich verpusten und setzt sich hin – das dröhnt.

Dicht vorm Mittelgang sitzt sie, den sie ganz versperrt.

Sie befiehlt den Mädchen noch einmal den neuen Tanz auf einem Beine zu tanzen; sie will sehen, ob Alles ordentlich eingeübt ist.

Die Eunuchen pauken und trommeln, und die Mädchen tanzen auf einem Beine mit wildem Eifer; Zobaïda lächelt und nickt – es geht Alles gut.

Wer mit dem andern Fuss den Teppich berührt, muss die Oberkleider abziehen – und auf dem andern Beine weitertanzen.

Jedes Mädchen bemüht sich, möglichst lange auf einem Beine zu hopsen, um möglichst lange die schönen Kleider anbehalten zu können.

Wer auch auf dem zweiten Beine nicht weiter kann, muss auch die Unterkleider, die aus Linnen und südarabischer Baumwolle bestehen, eiligst abziehen – und unbekleidet vor des Chalifen hoher Gemahlin niederknieen.

Und bald knieen alle die vielen braunen und schwarzen und weissen Mädchen splitternackt im Halbkreise vor der dicken Zobaïda, die die Leiber aufmerksam mustert; sie spricht dabei zu jedem Mädchen einzeln mit grösster Sachverständigkeit.

Leider können die aufhorchenden Europäer Nichts von ihren weisen Rathschlägen vernehmen, da der Lärm der Pauken und Trommeln Alles übertönt.

Die nackten Mädchen küssen vor der Gemahlin des grossen Chalifen in Ehrfurcht den Teppich und steigen dann eiligst ins Bad.

Die Pauken und Trommeln verstummen, und die Europäer hören nur noch das Geplätscher der Badenden, sehen aber wenig von diesen.

Duftendes Kräuterwerk aus Siraf wird ins Bad geschüttet.

Die Eunuchen streuen Blumen auf die Teppiche und sprengen Lilienöl und Rosenwasser auf die vielen Kleiderhaufen, die von blauer, rother und grüner Seide strotzen.

Dann nähern sich die Eunuchen der hohen Gemahlin, fallen auch auf die Kniee und berühren mit der Stirn den Teppich – bleiben so liegen.

Und auf ein Zeichen der Zobaïda hört das Geplätscher hinten auf – es wird wieder ganz still.

Und dann tönt leise ein altes einförmiges Lied – Alle singen's ganz leise – es ist das Schlummerlied des Propheten.

Die Köpfe der Mädchen sind dabei zu sehn, sie heben auch die Arme hoch empor und bewegen sie schaukelnd von links nach rechts und von rechts nach links und wieder von links nach rechts und wieder so und wieder so, als wollten sie unsichtbare Kinder einwiegen in der duftenden Luft.

Und bei diesem wiegenden Gesange fallen vorn einzelne Diamanten von der Decke herunter; die funkeln, blitzen und brennen in tausend Farben. Es fallen immer mehr Diamanten – immer schneller flimmern sie runter. Bald sind es so viele, dass die Europäer nicht durchsehen können.

Ein Diamantenregen!

Eine so tolle Farbenglut und Farbenwuth – so brennend und gleissend und glimmend und zuckend, dass die Europäer unwillkürlich in helle Freudenrufe ausbrechen; die Schlangenköpfe sind gänzlich vergessen.

Und der Diamantenregen hört garnicht auf.

Aber die Steine fallen bald langsamer – sie schweben bald so langsam herunter wie Schneeflocken.

Es ist unbeschreiblich!

Die hellblauen Löwen legen sich malerisch in flachem Kreisbogen dicht vor den Diamantenschneefall und denken ein paar Augenblicke schweigend nach.

Pix liegt in der Mitte mit der Stirn nach vorn, Frimm und Olli liegen zu seiner Linken, Knaff und Plusa zu seiner Rechten; die Vier liegen quer und haben den Kopf der Mitte zugewandt.

Die Europäer bemerken zum ersten Male, dass die Löwen durchsichtig sind, denn ihre riesigen Leiber lassen den Farbenbrand der Diamanten durchflimmern; Alles brennt nur in etwas grösseren Flecken und dunkler. Die gewaltigen Löwenkörper schillern im unablässig immer wieder anders aufblitzenden Farbenwechsel wie zitternde dunkle Riesenopale; nur an den Rändern der Körper ist Alles hellblau wie sonst.

Und Pix sagt mit gedämpfter Stimme:

»Es war wieder mal vom Bruder Plusa so recht unpassend und taktlos, den unsauberen Hetärismus in Schutz nehmen zu wollen. Da jedoch alles Daseiende auch eine gewisse Daseinsberechtigung hat, so wollen wir jetzt dem heiklen Thema näher treten. Ich bitte meine Brüder, hinter einander in kurzen klaren Bemerkungen sich auszusprechen. Ueberflüssige Scherze, die nicht zur Sache gehören, wollen wir, wenn wir können, unterdrücken.«

Die Löwen brüllen dumpf. »Es sei!« und die Aussprache beginnt ohne weitere Zwischenfälle – wie folgt:

Plusa: Ich erlaube mir, das ethische Quintett zu eröffnen, denn dazu hab' ich der Schlangenköpfe wegen ein Recht, und ich behaupte zunächst, dass die Hetären jedenfalls, wenn sie auch an die Bedeutung der Mütter nicht ganz ranragen sollten, doch viel wichtiger sind – als die Ammen.

Frimm: Ich halte es für einen überflüssigen Scherz, das Hetärenrecht dem Ammenrecht gegenüberzustellen. Wir wissen wohl genug, wenn wir wissen, dass die Hetären und ihre Freunde nicht sauber sind. Das ist doch eine bekannte Thatsache – so gut wie die, dass nur die für die Rasse werthlosen Vertreter des männlichen Geschlechts an der Hetäre hängen bleiben. Der Freund der Hetäre hat auch nur Hetärenrecht.

Knaff: Ich halte nicht blos die meisten Bemerkungen des lieben Plusa, sondern die ganze freie Liebe für überflüssig, da die aus der freien Liebe hervorgehenden Kinder eine Verbesserung der Rasse nicht bedeuten, denn die Frauen sind garnicht im Stande, in Zuchtwahlangelegenheiten eine ›entscheidende‹ Rolle zu spielen. Nur verkappte Cinäden, die ein Interesse daran haben, die Zahl der Hetären zu vermehren, geben der Frau – überflüssige Rechte. Schliesslich behaupten einige Freiheitsapostel noch, dass zur Erzeugung von Genies Mütter mit höchster Bildung nöthig seien – dass der Genieerzeugung wegen die Existenz der freien Weiber gerechtfertigt sei – während wir doch ganz genau wissen, dass genialen Eltern die Erzeugung genialer Kinder zu allen Zeiten nicht gelang. Den Genies liegt die Verfeinerung der Rasse nicht ob; sie haben nur ihre genialen Werke zu erzeugen und dürfen das Menschenerzeugungsgewerbe ruhig Andern überlassen.

Pix: Lieber Knaff, Du redest in Deinem Eifer zu lange. Du darfst nicht vergessen, dass wir auch was zu sagen haben. Ich halte es für wichtig, das Verhältniss des Hetärismus zur weiblichen Bildung und Emancipation klarzulegen. Knaff fing schon damit an.

Olli: Es giebt Weisheiten, die die Spatzen von den Dächern pfeifen – dazu gehört die, dass sich auch die gebildetste Frau nur dann glücklich fühlt, wenn sie Mutter ist – dass sie auch alle Bildung mit Freuden hingeben würde, wenn sie's dadurch werden könnte. Daher glaube ich, dass die Bildung der Frauen keinen Werth hat; sie ist ja nur dazu da, den Mangel an Mutterinstinkten zu verbergen. Wo aber diese fehlen, da bilden sich die Hetäreninstinkte aus. Das Verhältnis des Hetärismus zur weiblichen Bildung ist somit ein sehr intimes Verhältnis.

Frimm: Durch diese Erkenntnis ist die gesammte Frauenemancipation für alle Zeiten gerichtet. Die verdankt den Hetäreninstinkten ihr Dasein – das sagt genug.

Olli: Die drolligen Emancipationsbestrebungen der europäischen Frauenwelt geben jedenfalls Veranlassung, eine Beschränkung der gesammten Bewegungsfreiheit aller Frauen anzubahnen. Die Europäer sollten sich die günstige Gelegenheit nicht entgehen lassen.

Plusa: Es ist nur ein Glück, dass die Europäer ihre Frauen zu Hause gelassen haben. Die Frauen Europas würden uns, wenn sie hier wären, die schönen blauen Augen auskratzen.

Pix: Lieber Bruder, vergiss nicht die Schlangenköppe.

Plusa: Die Europäer werden aber unsre Moral für eine Bestienmoral erklären, und wir könnten am Ende das Gegentheil von dem erreichen, was wir anstreben. Die armen Weiber!

Frimm: Dein Mitleid ist hier nicht am Platze. Den Frauen ist nie zu trauen, da sie bekanntlich stets nur sexuale Geschichten im Kopfe haben. Die platonischen Anwandlungen der ›gebildeten‹

Frau dürfen uns nicht irre führen; die gehören eben auch zur hinterlistigen Verführungskunst der Hetäre. Alle anständigen Weiber werden in dieser Beziehung ganz unsrer Meinung sein.

Knaff: Die Weiber sind und bleiben so dumm wie die Sünde. Wohl dem, der mit ihnen nie was zu thun bekommt. Die Bildung der Frau hat noch niemals Gutes gestiftet; wohl aber hat sie dazu beigetragen, den vernünftigsten Menschen den Kopf zu verdrehen. Die Frau braucht ja ihre Bildung nur als hetärisches Reizmittel.

Plusa: Es lässt sich also nicht leugnen, dass die Emancipation mit ihrer Bildung die männliche Sinnlichkeit kräftigt und aufstachelt – was doch für die Verfeinerung der Rasse nicht so unwichtig ist.

Pix: Lieber Bruder, Deine Hetärenweisheit haben wir nun allmählich kapirt. Dass aber durch gebildete Hetären, zu denen wir die sämmtlichen Vertreterinnen der Emancipation rechnen müssen, eine ›Verfeinerung‹ der Rasse nicht erzielt werden kann, dürfte denn doch klar sein, da ja die meisten Hetären unfruchtbar sind. Wie denkst Du Dir das?

Plusa: Jedenfalls könnte irgend ein geistreicher Europäer mal behaupten, dass grade die Prostitution das Ehrenvollste sei – und dass die Verfeinerung der Rasse vollkommen überflüssig sei.

Frimm: Das ist den intimen Freunden der europäischen Hetäre wohl zuzutrauen – uns aber nicht. Wer auf die Verfeinerung der Rasse verzichten zu können glaubt, hat mit der Erhaltung der Rasse Nichts weiter zu thun und kommt nicht weiter in Frage. Bruder, lass die unanständigen Witze, sonst verpauken wir Dich so unheimlich, dass Du nicht mehr japsen kannst. Benimm Dich vornehmer!

Pix: Ich muss da den Plusa etwas in Schutz nehmen. Es lässt sich nicht leugnen, dass bedeutende Männer grade zu den gebildeten hetärisch veranlagten Frauen eine grosse Zuneigung haben, die dadurch entschuldigt werden kann, dass diese Frauen ja gänzlich unfruchtbar und der Rassenverfeinerung wenigstens nicht hinderlich sind. Die Emancipationsbestrebungen gehen wohl auch grade von diesen ›bedeutenden‹ Männern aus, die so degenerirt sind, dass sie Fortpflanzungsbestrebungen nicht mehr haben und demnach nicht bemerken, wie gefährlich ihre freien Ansichten für die Entwicklung der Rasse sind.

Knaff: Lieber Pix, ich finde, dass Du so unvorsichtig wie der freche Plusa redest. Nimm Dich zusammen, sonst nehmen wir Dir den Vorsitz ab.

Pix: Ich strebe nach Gerechtigkeit. Plusa hat Recht, wenn er behauptet, dass wir das Gegentheil unsrer Absichten erreichen, wenn wir so grob drauf los schimpfen wie Du.

Plusa: Demnach ist der Stand der gebildeten Hetären doch nicht so verächtlich, wie Ihr anfänglich glaubtet. Wie ich mich freue!

Olli: Wenn Ihr doch so scharfsinnig wie der Bruder Olli wäret! Wollen wir die Europäer überzeugen, so müssen wir das Thema vorurtheilslos von allen Seiten beleuchten. Wir dürfen die Europäer nicht zu einer unvorsichtigen Massregel überreden wollen. Mögen sie doch selber weiter nachdenken – sie werden schon einsehen, dass sie ihren Frauen eine unnatürliche Freiheit gegeben haben. Darin werden sie schon Wandel schaffen. Die Frauen dürfen in keinem Falle Gelegenheit haben, mit fremden Männern zusammenzukommen – denn das führt Hetärenrecht ein.

Es tritt eine Pause ein. Der Diamantenschnee sickert langsam wie bisher immer weiter runter. Herrlich glitzern die Löwenkörper – wie Riesenopale. Frimm blickt sich um und bemerkt traurig: »Dass wir auch grade vor dem schönsten Vorhange über die schmutzigste Geschichte reden müssen! Europäer, seht Euch die Diamanten an – Raifu ist doch reicher als Harun.«

Der Farbenbrand der kostbaren Steine erregt die Augen der Europäer, dass sie ganz berauscht werden. Die Löwen ergötzen sich ebenfalls an dem gleissenden Glanzgefunkel. Doch Pix mahnt zum Weiterreden.

»Raifu,« sagt er, »lässt uns ja dieses Mal sehr lange reden. Benutzen wir die Gelegenheit und beleuchten wir jetzt das Verhältnis des Hetärismus zu Monogamie und Harem. Lieber Frimm, Du hast natürlich das Wort! Du zürnst mir hoffentlich nicht.«

Frimm: Ich halte das Zürnen nicht für vornehm – das solltest Du wissen. Der Hetärismus aber wird durch die Monogamie gestärkt und durch den Harem eingedämmt. Der Harem bedeutet nicht blos eine Erlösung der alten Jungfern, er scheucht auch das Gespenst des Hetärismus auf. An dem Tage, an dem Europa den Harem einführt, wird Europa um hundert Tausend Hetären ärmer. Vornehmlich aus diesem Grunde rathen wir den Europäern, fürderhin nicht mehr mit so misstrauischen Augen den orientalischen Harem anzusehen. Der Harem macht das Heiraten auch billiger, weil er die Frauen aus dem öffentlichen Leben – hauptsächlich aus dem Gesellschaftsleben – heraushebt.

Pix: Da ich so gutmüthig bin, muss ich bemerken, dass die Monogamie zur Brutalität gegen die eine Frau verführt. Die Frauen sind ja viel zu schwach zur Monogamie und die Männer zu stark. Die Polygamie liegt durchaus auch im Interesse des Weibes.

Knaff: Es muss endlich mal betont werden, dass der ganze europäische Hetärismus eigentlich blos ein Produkt der Monogamie ist. Das muss doch jeder vernünftig denkende Mensch bald einsehn.

Plusa: Das steht fest, dass sich für die Monogamie eigentlich nur jugendliche Schwärmer begeistern können. Eines schickt sich nicht für Alle. Die Monogamie erzeugt viel schlimmere Zustände als die wilde Ehe mit der ›freien Liebe‹. Europäer, Ihr lebt im Elend!

Olli: Es ist Blendwerk der Hölle, wenn man Euch die Monogamie in rosigen Farben malt! Seht Euch vor!

Plusa: Nehmt lieber die Ehelosigkeit mit dem Hetärismus – als die Monogamie in Schutz.

Pix: Vergiss Dich doch nicht! Sollen die Europäer die Verfeinerung der Rasse unberücksichtigt lassen? Die Ehelosigkeit ist nur für die ausserordentlichen Menschen – nicht für Hinz und Kunz.

Frimm: Es ist ja nicht nöthig, dass jeder Mann mehrere Frauen hat, er soll aber, selbst wenn er blos eine besitzet, auch diese eine nicht frei herumlaufen lassen – das schickt sich nicht.

Knaff: Verwirr doch nicht das Publikum! Europa krankt an der gesetzlichen Monogamie, die nicht einmal durch die Gesetze der christlichen Religion gerechtfertigt ist – denn die verlangt die Monogamie durchaus nicht. Jeder Mann muss das Recht haben, mehrere Frauen zu ehelichen und muss auch das Recht haben, ein Schock Kebsweiber zu besitzen – wenn's seine Mittel erlauben.

Olli: Die klügsten Männer geben sich natürlich überhaupt nicht mit den Weibern ab.

Plusa: Mach keine faulen Witze! Zu den klügsten Männern reden wir doch nicht. Wir wenden uns doch an das grosse Publikum, das wir vor uns haben – dem die Verfeinerung der Rasse obliegt.

Frimm: Ich muss hier ganz deutlich bemerken, dass ich's für einen Skandal halte, wenn eine Frau mit ihrem Mann öffentlich unverschleiert spazierengeht. Der Mann, der seine Frau den Blicken aller Menschen preiszugeben wagt, hat keine Ehre im Leibe – ist ein schamloses Subjekt. Wer sich mit seiner Frau auf offener Straße zeigt, prostituirt seine Frau.

Knaff: Bravo, Frimm! Das war ordentlich gegeben. Wir wollen den Europäern die Leviten lesen. Wer seine Frau einem Freunde zeigt – ist ein Schandbub! Schlagt ihn tot!

Plusa: Dann müssten wir ja fast alle Europäer totschlagen. Kinder, seid blos nicht so ausfallend. Immer hübsch ruhig! Mancher Schandbub ist eine europäische Berühmtheit geworden – Schandbub sein schändet nicht.

Knaff: Verfluchter Plusa, willst du wohl Dein Schandmaul halten!

Pix: Ich gebiete Ruhe! Wir werden uns doch nicht vor dem schönen Diamantenschnee wieder herumprügeln. Wir werden dem Plusa später den Kopf zurechtsetzen. Europäer, hört nicht auf den Plusa! Hört auf uns!

Frimm: Ich habe mich zu heftig ausgedrückt – das war nicht vornehm. Jedenfalls erzeugt die Monogamie höchst unsittliche Zustände, die endlich mal geregelt werden müssen.

Olli: Aber ich begreife nicht, wozu wir in diesen schrecklich aufgeregten Ton verfallen sollen. Wir haben uns doch so lange so gut vertragen.

Pix: Nu – denn rede mal ein versöhnliches Schlusswort. Wir sehen uns dabei die Diamanten an.

Olli: Es wäre sehr dumm, wenn Jemand glauben wollte, wir sähen auf das Weib mit tiefer Verachtung herab. Nein, das thun wir durchaus nicht. Wir schätzen das Weib als Rasseerhalterin so hoch, dass auch die anspruchsvollste Dame mit unsrer Hochschätzung zufrieden sein könnte. Der Harem darf die Frau nicht beleidigen – ist er doch schöner als das, was draussen liegt. Der Harem ist stets ein kleines Paradies, in dem's sich prächtig leben lässt, wenn die Frauen vernünftig sind. Da giebt's keine Sorge und keine Arbeit – da giebt's so viel Glück, dass die Frauen ganz zufrieden sein können. Seht mal, es wird ja nur um der Förderung der Rasse willen die Treue des Weibes verlangt. Der Mann kann sich doch nicht auf die Treue des Weibes verlassen, wenn das frei herum laufen darf – wie bei Euch in Europa. Die Frau darf auch nicht viel mitreden bei der Zuchtwahl. Deswegen hat die Frau nicht viel zu wählen, sie hat dem Mann, der sie will, zu folgen. Ist es thatsächlich nicht der Rechte – dann lässt sie der Mann schon wieder laufen – das ist nicht so gefährlich. Im Uebrigen kann sich jedes Mädchen auf seine Eltern verlassen. Kinder, das ist Alles so einfach. Wir hier im Orient haben den ganzen Liebesrummel so fein geordnet, dass es eine Freude ist. Studirt die orientalischen Sitten ohne Vorurtheil und führt dann bei Euch die nöthigen Reformen ein! Ihr dürft ja nicht gleich Alles auf ein Mal umkrempeln – aber so allmählich werdet Ihr schon das Rechte treffen. Ihr seid gut und willig – Ich vertrau' Euch.

Die Europäer nicken bedächtig. Die Diamantenfunken sprühen ihr brennendes Farbenlicht durch die ganze syrische Wüste. Die Löwen leuchten mit.

Der blitzende Glanzzauber erscheint den Europäern ganz unfassbar.

Plusa erräth ihre Gedanken und sagt: »Die ganze Welt ist ja unfassbar.« Er will weiter reden, doch Pix bemerkt heftig: »Jetzt müssen wir mit unsern Reden aufhören, Harun muss ja schon da sein.«

Und das stimmt auch.

Die zehnte Nummer beginnt:

Das Wiedersehen

Es duftet nach Geranien- und Levkojenöl.

Es fallen langsam nur noch ein paar grosse Demantsteine zur Erde nieder – die brennen ganz dunkelviolett...

Und dann liegt gross und frei Bagdad, die Stadt des Heils, vor den trunkenen Augen Europas.

Links seitwärts erhebt sich das hohe Thor mit der breiten Brücke, die den Wallgraben überspannt und fast bis zur Mitte des Bildes sich hinzieht. Hinter der Brücke sieht man die grünen Festungswälle, über denen die Spitzen der Minarets und die Palastkuppeln der Chalifenburg sichtbar werden. Zur Rechten biegt der Weg von der Brücke nach hinten um und geht ganz tief in den Hintergrund hinein.

Dunkelblau leuchtet der Himmel. Und zu beiden Seiten des Weges rechts steht viel Volk – das wartet auf die Ankunft des siegreichen Harun. Ein leises Brausen geht durch die Luft. Auf der Brücke ist kein Mensch – nur dicht vorm Thore steht der Thorwächter und schaut auf den hinteren Theil des Weges – mit der Hand die Augen überschattend.

Und dann wird das Brausen des Volkes stärker und stärker, und ganz hinten rechts blitzt es auf von glänzenden Waffen – Harun mit seinen Heerscharen naht.

Es ist noch früh am Morgen, aber Alles ist schon auf den Beinen, denn von den fünfzig Tausend Kriegern, die Harun ins Feld rief, sind wohl mehr als die Hälfte in Bagdad ganz bekannt. Und wer Verwandte in der Stadt hat, der kann sicher sein, dass die ihm über die breite Brücke entgegengekommen sind.

Das Volk ist in fieberhafter Erwartungsstimmung, die vielen Hofbeamten in ihren goldstrotzenden Uniformen theilen mit wichtiger Miene die neuesten Nachrichten mit; jeder Beamte ist von einem Kreis lauschender Zuhörer umringt. Dadurch werden die Volksmassen zu beiden Seiten der Landstrasse wirksam gegliedert.

Im gestreckten Galopp sprengt die Leibgarde des Chalifen heran – Beduinen in citronengelben Gewändern auf pechschwarzen Rossen; mit hallendem Getrappel geht's über die breite Brücke durchs hohe Thor in die Stadt; es sind nicht weniger als tausend Mann.

Und dann erscheint ganz hinten auf der Landstrasse der grosse Harun selbst. Das Brausen der Volksstimme schwillt immer mächtiger an, immer wilder jubelt dem allmächtigen Sieger der Gruss seines Volkes entgegen. Näher und näher kommt das Brausen, und alle Araber, die vor den Thoren der Stadt sind, stimmen plötzlich ein altes Schlachtlied an, mit dem einst der Prophet in den Kampf gegen die Ungläubigen zog.

Die Strasse ist vor Harun frei, er kommt ganz langsam hoch zu Elephant nach vorn. Er, der Herr der Heerscharen, sitzt in voller Grösse und Seligkeit mit untergeschlagenen Beinen auf hohem Polstersattel, sodass Alles Volk seinen angebeteten Chalifen mit eigenen Augen anschauen kann; zwei kluge Inder führen den Elephanten.

Es duftet nach Geranien- und Levkojenöl, denn damit ist die ganze Strasse besprengt. Auch viele bunte Blumen wirft das Volk dem Herrscher zu Füssen, dessen Elephant Alles sorgfältig zertrampelt.

Der Gesang und der Blütenduft berauschen den Chalifen. Und er giebt sich wieder Erinnerungsbildern hin; in den letzten Monaten hat er dazu garkeine Zeit gehabt. Aber jetzt ergreift es ihn gewaltig; er denkt an Djafar und Abbasah. Er malt sich aus, wie sie ihn im einsamsten Kiosk am Tigrisstrande erwarten – wie sie sich gegenseitig von seinen Vorzügen und edlen Sitten erzählen – wie sie seinen Muth und seine Kraft bewundern – ihn den grössten Fürsten aller Zeiten nennen – und garnicht aufhören mögen, ihn zu preisen und zu loben. Er möchte so gern unsichtbar bei ihnen sein und zuhören und dann plötzlich den Schleier abwerfen und Beide stürmisch umarmen – das möcht' er – ja das möcht' er!

Harun lässt bei diesen Gedanken ganz den Kopf sinken und achtet nicht auf das jubelnde singende Volk, das immer stürmischer ihm seine Liebe kundthut, denn es denkt, er verrichte ein stilles Gebet und danke Allah in Demuth für den Sieg; nur die Europäer haben in das Innere

Haruns geschaut; in den Schallfängern war das Selbstgespräch ganz deutlich zu hören und in den Opernguckern der Kiosk mit Djafar und Abbasah für ein paar Sekunden ganz klar zu sehen.

Der Elephant dreht zierlich den Rüssel nach allen Seiten und nickt verständnisvoll mit dem Kopf, dass die schlappen grauen Ohren wackeln. Der riesige Körper des Thieres ist in buschige gelbe Seide gehüllt; die dicken Beine stecken in weiten Pluderhosen. Harun steckt in knallrother Seide, denn er kommt als Richter zurück, er hat zu Gericht gesessen über dem Rebellen Jahjah ibn Abdallah – und als Richter tragen die Könige des Orients die Farbe des rothen Henkers.

Jetzt ist Harun dicht vor der Brücke.

Das breite Thor geht klirrend und rasselnd auf.

Und bevor noch der Elephant den ersten Schritt auf der Brücke gethan, sprengen auf schneeweissen Schimmeln zwei Reiter auf der Brücke dem Chalifen entgegen; die Reiter sind ganz in weisser Seide – herrlich sehen ihre weissen Pluderhosen aus. Mit vielen weissen Rosenknospen sind die Beiden geschmückt; auch die Schimmel sind mit weissen Rosenknospen geschmückt. In den Händen tragen die Beiden eine goldene Kanne mit goldenen Bechern. Und die Becher füllen sie mit rothem Wein, den sie dem Chalifen hinaufreichen.

Harun hält mit der einen Hand den Säbel fest, der in seinem Schooss liegt und bückt sich tief, um mit der andern den einen Becher zu nehmen, den er träumerisch zum Munde führt und austrinkt. Doch dann schreit er gellend auf! »Djafar!« schreit er, denn dieser reichte ihm den Becher hinauf. Ein langes Lachen mit Thränen und Armbewegungen! Der Säbel wär' beinah vom Schoosse runtergefallen.

Harun fragt dann flüsternd, wer der andre Reiter sei. Doch Djafar zuckt die Achseln. Harun trinkt auch den Becher des andern Reiters aus, lässt aber plötzlich den Becher fallen. »Wer ist das?« ruft der Chalif ganz erschrocken. Doch auf diese Frage antwortet der Reiter dadurch, dass er seinen Schnurrbart und seinen Turban abnimmt. Da erkennt der Chalif das Gesicht – es ist das der Abbasah. Er ist aber nicht erfreut; er ruft den Indern zu, den Elephanten über die Brücke zu führen.

Dröhnend stampft das dicke Thier mit dem dicken Harun über die Brücke; Djafar und Abbasah folgen in peinlichster Verlegenheit. Der Barmekide beisst sich in die Lippen, während die Abbasah den falschen Schnurrbart in den Wallgraben wirft und ihren Turban schief aufsetzt.

Die Europäer hören, wie der Harun leise zu sich selber redet: »Wie konnte mir Djafar diese Schmach anthun? Wie konnte er die Abbasah unverschleiert dem Volke zeigen? Wollte er mich beleidigen? Ist es ein verrückter Einfall des Weibes gewesen? Er hätt' ihm nicht nachgeben sollen! Das war nicht freundschaftlich gehandelt.«

Dann verschwinden die Drei im Thorweg.

Und das siegreiche Heer folgt.

Reiterscharen und Fussvolk kommen ungeordnet durch einander gemischt die Landstrasse entlang. Alles jubelt den braunen Gesellen zu und bekränzt sie mit duftenden Blumen und stärkt sie mit kräftigem Wein. Ochsenwagen mit erbeuteten Waffen, Kameele mit Gepäck, Esel und Viehherden drängen sich zwischen den Kriegern durch. Für einen Wagen wird besonders Platz gemacht: für den, in dem der Rebell Jahjah ibn Abdallah sitzt.

Der Rebell blickt mit finsterer Stirn vor sich auf einen Fleck und spricht kein Wort, denkt auch Nichts.

Das Gedränge wird auf der Brücke ganz beängstigend. Die Thiere und Menschen gerathen in Streit, und man könnte fürchten, dass die Brücke zusammenbricht. Das Volk brüllt jetzt und schreit, und die Krieger bahnen sich den Weg mit den Fäusten.

Plötzlich sinkt Alles in die Tiefe – und ein stilles dunkelblaues Meer bedeckt Alles.

Kleine weisse Schaumkämme durchzucken die dunkelblaue Flut.

Die Löwen erheben sich und stellen sich auf die Hinterbeine, was ihnen garnicht schwer fällt.

Und Pix sagt etwas müde:

»Kinder, jetzt wollen wir im Gänsemarsch etwas auf und ab wandeln. Das Stück strengt an wie alle starken Stücke. Wir wollen im Gänsemarsch genau so langsam vorwärts gehen wie das Barmekidenschauspiel.«

Der Vorschlag findet Anklang, und die Löwen gehen nun langsam vor dem tiefblauen stillen Meere im gleichen Schritt auf und ab. Die Vordertatzen haben sie der Bequemlichkeit halber sich gegenseitig auf die Schultern gelegt. Pix führt und Plusa beschliesst den Zug.

Plusa meint, dass sie mit dem Gänsemarsch den richtigen Kriegstanz aufführen; die Europäer lächeln verschmitzt, als wenn sie den Plusa ganz und gar verstanden hätten.

Die weiteren Reden der Löwen beschränken sich darauf, die Regie zu loben – und namentlich die grosse Verwirrung zum Schluss als scenisches Meisterwerk zu preisen! Sie verrathen bei dieser Gelegenheit doch eine sehr grosse Kenntnis im ästhetischen Raisonnement.

Plusa findet glänzend die stummen Denkerrollen, meint mit merkbarem Hohne, dass die Europäer so was noch nicht eingeführt hätten – es käme eben nur darauf an, die Ohren des Publikums sensibler zu machen. Er preist Harun und die Schallfänger.

Olli meint dazu: »Eigentlich sind's blos nicht laut werdende Monologe, die Dir so imponiren!«

Pix sagt darauf. »Die sind aber das Wichtigste in der gesammten Kunst. Es liegt uns ja viel mehr daran, das zu wissen, was die Leute *nicht* aussprechen – als das, was mit einem permanenten Mangel an Offenheit öffentlich geredet wird und der Rede zumeist garnicht werth ist.«

Leider wird dieses ästhetische Gespräch nicht fortgesetzt der Gänsemarsch auch nicht.

Die elfte Nummer beginnt:

Das falsche Spiel

Auf dem dunkelblauen Meer wird's stürmisch, aber die Wogen gehen von der Mitte aus, sodass sich da eine tiefe Mulde bildet, die immer breiter und tiefer wird; die Wogen zu beiden Seiten schäumen dagegen immer höher auf – haushoch – höher als die höchsten Minarets – so hoch wie die Pyramiden am Nil.

Und nach einem mächtigen Posaunenstoss verwandeln sich die hohen Wogen urplötzlich in hohe grüne Bäume mit dunklem kühlem Blätterschatten.

Und wo die Meermulde war, durchschneidet eine tief nach hinten gehende Allee das Bild, dessen Vordergrund eine breitere, schwarz und weiss gepflasterte Terrasse ausfüllt, die auf niedrigem Felssockel und ebenso hoch wie der Kiesweg, der schnurgrade nach hinten geht, liegt.

Wieder mitten im Garten der Chalifenburg! Im Hintergrunde der Allee der blaue Tigris wie ein übriggebliebenes Stück Meer! Die Bäume der Allee rechts und links grad' geschnitten, sodass sie wie glatte grüne Wände aussehn.

Die schwarz und weiss gepflasterte Terrasse hat die Form eines länglichen Rechtecks, dessen längere Seiten quer von links nach rechts gehn; auch das Rechteck wird von hohen grad' geschnittenen Bäumen an den Seiten und hinten eingerahmt. Die Bäume sind so hoch, dass man vom Himmel oben nur ein kleines Stückchen sieht; blos hinten am Ende der Allee steht über dem dunkelblauen Tigris ein grösseres senkrecht aufsteigendes Himmelsstück – ebenfalls ein längliches Rechteck. Der Kiesweg der Allee ist gelb, und die Blätterwände sind dunkelgrün.

Eilig kommt jetzt Harun mit Djafar und Abbasah die Allee herauf nach vorn. Die Drei sind ganz in weisse Seide gekleidet, tragen breite Beinkleider und weisse Rosenknospen. Die Abbasah schimpft über die schnelle Gangart, Harun sagt aber kühl: »Oh, das ist sehr gesund.«

Auf der Terrasse ruft der Chalif die Sklaven heran und befiehlt, das Mittagessen zu bringen, er setzt sich links mit dem Rücken dicht vor die kurze Blätterwand des Rechtecks. Für Djafar und Abbasah wird vor der rechts gelegenen Seitenwand gedeckt, sodass die Beiden sehr weit von ihrem Fürsten, der sie garnicht zu beachten scheint, entfernt sind. Man sitzt mit untergeschlagenen Beinen auf grossen rothgefärbten Strohmatten, das Essen wird in grossen rothen Thonschüsseln aufgetragen.

Und während die Drei, ohne zu sprechen, speisen – erscheint im Hintergrunde der grosse Elephant und nähert sich von den klugen Indern geführt gemächlich der Terrasse; das dicke Thierchen ist in ausgezeichneter Laune, spasst immer mit seinen beiden Führern, denen er die Turbane mit dem Rüssel abnimmt und auf seine Stosszähne steckt, worüber sich die Beraubten natürlich nicht ärgern.

Dem Elephanten folgt der alte Jahjah ibn Chalid und sein Sohn Fahdl, der Vezier. Hinter diesen schreiten an die fünfzig Sklaven, die kostbare Geschenke tragen.

Auf der Terrasse steht Alles still und Harun lässt sich die Geschenke zeigen – zuerst wunderbare Goldarbeiten mit vielen Edelsteinen, kostbare Waffen und herrliche Trinkgefässe für den Chalifen von Peking.

Ein Zelt, Räucherwerk, zwei Leuchter und eine Wasseruhr sind für den Frankenkönig Karl von Aachen bestimmt. Harun bemerkt kauend: »Das habt Ihr also für den Negerkönig ausgewählt, nicht wahr?«

Jahjah erwidert, dass Karl kein Neger sei, da er weisse Haut und rothe Haare besitze.

»Schön!« bemerkt da Harun, »also für den weiss und roth gefärbten Negerkönig. Aber merk Dir's: Neger bleibt Neger, auch wenn er die Farbe wechselt. Kurl heisst der Kerl, nicht wahr?«

»Karl heisst er,« sagt Fahdl mit tiefer Verbeugung.

»Schön!« schreit nun Harun heftig, »diesem Karl, diesem Kerl, schickt auch meinen einzigen Elephanten, ich will das Thier nicht wiedersehen; es träumt sich schlecht auf solchem Elephanten. Macht, dass Ihr weg kommt.«

Der Zug macht Kehrt, die Inder nehmen schnell dem Elephanten ihre Turbane wieder ab und gehen mit dem Thier den Andern nach.

Stolz wandelt der Elephant die Allee hinunter; heut ist er unbekleidet, doch hebt er seinen Rüssel höher denn je, was vor dem blauen Himmel sehr drollig wirkt.

Während der Elephant würdevoll weitergeht und im Hintergrunde der Allee immer kleiner wird, befiehlt Harun seinem alten Kammersklaven, den Rebellen Jahjah ibn Abdallah vorzu-führen und den Henker.

Djafar unterbricht aber den Chalifen:

»Halt,« ruft der Barmekide, »zieh den Befehl zurück und schick die Sklaven fort – ich hab' Dir was zu sagen, Harun!«

Des Barmekiden Wunsch wird sofort erfüllt.

Es wird unheimlich still auf der Terrasse.

»Sprich, mein Freund!« sagt endlich der Harun.

Djafar trinkt und spricht dann rauh:

»Du hast was gegen mich! Du hältst mich nicht für ehrlich! Ich hab' aber Nichts gethan, was Dich kränken kann. Ich wollte Deinen Argwohn zerstreuen. Ich wollte Dir zeigen, dass ich keine Furcht vor Dir habe. Ich brauche Nichts zu scheuen, und deswegen habe ich eigenmächtig gehandelt, um Deinen Argwohn zu verscheuchen – nur um Deinen Argwohn zu verscheuchen. Ich hatte kein anderes Mittel.«

»Und was that mein Freund?« fragt nun der Chalif.

»Er befreite,« entgegnet Djafar grob, »den Mann, den Du schon schwer genug bestraft hast, von allen weiteren Strafen – er gab dem Rebellen Jahjah ibn Abdallah die Freiheit wieder. Der stolze Barmekide wollte Dir beweisen, dass er keine Furcht vor Dir hat. Er wollte Dir zeigen, dass er zu allen Zeiten offen und ehrlich handelt, dass er's ausserdem für eine Beleidigung erklärt, wenn man ihm Misstrauen entgegenbringt.«

»Das ist frech!« knirscht Harun.

»Djafar ist stets sorglos, frech und toll,« lautet die kalte Antwort des Freundes.

Es wird noch stiller auf der Terrasse, Alle trinken.

»Du willst,« beginnt Harun nach einer Weile, »den einen Fehler durch einen zweiten wieder gut machen. Ein seltsames Verfahren!«

»Ich wollte,« versetzt nun Djafar zitternd, »Dich davor bewahren, unklug zu handeln. Wenn Du den Rebellen jetzt noch, wo Du weisst, dass er unschädlich ist, köpfen liessest, so würde man Dir überflüssige Grausamkeit vorwerfen, und die Zahl Deiner Feinde würde sich unheim-lich vermehren. Das sagte auch mein Vater und mein Bruder. Und da sagte ich ihnen, dass ich handeln würde. Und ich habe gehandelt und weiss, dass ich meine That vor dem höchsten Rich-ter verantworten kann. Ich weiss auch, dass ich Dir durch meine freie That den Beweis geliefert habe – dass Du – kein Recht hast – die Geschichte – auf der breiten Brücke falsch zu deuten.«

Alle springen auf, und Harun umarmt seinen Freund und küsst ihn, flüstert dann aber leise:

»Warum erlaubtest Du der Abbasah, vor dem Volke mich zu begrüssen – unverschleiert?«

»Wie?« kreischt nun die Abbasah los, »ist das die Freiheit, die Du mir geben willst – so lass Dir sagen: die Freiheit, die der Frau nicht mal gestattet, Hosen anzuziehen und einen schwarzen Schnurrbart zu tragen – die Freiheit, sag' ich Dir, Harun, ist für die Katz.«

Harun sagt feierlich: »Es ist noch nicht Sitte bei uns, Hosen zu tragen.«

»Ach was!« schreit da das Weib, »ich dächte, Du wolltest ›freie‹ Sitten einführen. Die Perser tragen doch Alle Hosen, und im Harem Deiner Söhne Emin und Mamun tragen auch alle ›Weiber‹ Hosen. Warum soll's mir denn verboten sein? Wir haben Dich überraschen wollen – Du bist aber die Aufmerksamkeit garnicht werth.«

Harun sagt wieder feierlich: »Dass die Frauen meiner ungerathenen Söhne Hosen tragen, hat seinen besonderen Beweggrund.«

»Ja!« versetzt höhnisch lachend die Abbasah, »damit Deine Herren Söhne ihre Mädels für ihre Knaben halten! bring Deinen Nachkommen gute Sitten bei – wir haben Deine Rathschläge nicht nöthig.«

»Mit Weibern,« braust nun der Chalif auf, »soll man sich überhaupt nicht in lange Reden einlassen – die haben immer Recht. Die Geschichte ist erledigt. Wir legen heute Abend noch die Kleider an, die wir bei Eurer Hochzeit anhatten – und Alles ist wieder wie früher.«

Die Abbasah umarmt den Harun und küsst ihn.

Alle Drei gehen langsam und in herzlichstem Geplauder die Allee runter; die Europäer sehen nur noch die Rückseite der seidenen Kleider.

Währenddem steigen vorn vor der Terrasse aus den Erdritzen giftgrüne Dampfwolken heraus – die wirbeln bis in den blauen Himmel hinauf und verdecken das ganze Bild. Die giftgrünen Wolken ballen sich und wälzen sich, als wenn sie zornig wären; das hellblaue Licht der Löwen kann dem giftigen Grün Nichts anhaben – das Grün bleibt grün.

Die Löwen pfeifen so laut und schrill wie fünfzig europäische Lokomotiven, dass sich das gute Publikum die Ohren zuhalten muss.

Das Pfeifen ist unerträglich.

Raifu brüllt von oben herab: »Ihr Bestien, werdet Ihr wohl das Maul halten! Ihr seid wohl verrückt geworden!«

Die Löwen pfeifen nicht weiter, schütteln aber den Kopf und lachen, dass es donnernd durch die Wüste hallt; sie hören garnicht auf mit Lachen.

Plusa brüllt: »Wart's nur ab, alter Riese! Wenn Du uns vor den Europäern blamiren willst, so kannst Du was erleben.«

Doch da schreit der Pix heftig: »Willst Du wohl ruhig sein, Du Bestie! Du hast doch gehört, dass Raifu unsre Reden nicht liebt. Wir sollen doch das Maul halten.«

»Wir *werden* das Maul halten!« bemerkt der vornehme Frimm. Und die Fünf halten's.

Die Europäer flüstern und putzen ihre Operngucker und Schallfänger, knistern auch mit den Theaterzetteln und bewegen sich ein bischen freier, als wenn sie nicht mehr so grosse Angst vor den Löwen hätten.

Flinke Wiener Kellner überreichen den Europäern dicke Apfelsinen in grossen Kiepen – frische Apfelsinen!

Das Publikum lässt sich nicht nöthigen, es nimmt die Erfrischung mit herzlichem Dank entgegen.

Nicht weniger als fünfzehn Tausend Kiepen werden im Umsehen geleert.

Die ganze syrische Wüste duftet nach Apfelsinen.

Die Löwen sind ganz still.

Die Sterne des Himmels funkeln.

Die giftgrünen Wolken verblassen allmählich.

Die zwölfte Nummer beginnt:

Die Herren Söhne

Die grünen Wolken vergehn.

Ein stilles Abendbild entschleiert sich: die hohe Pforte der Chalifenburg, zu der fünf und zwanzig grosse breite Marmorstufen hinaufführen.

Hoch zu Ross erscheinen die Söhne Haruns, Emin und Mamun, die von einem längeren Stadtbummel heimkehren. Sie geben ihre Pferde ihren Begleitern, die rasch mit den Thieren verschwinden, und wollen nun langsam die Stufen hinansteigen. Doch Mamun, der Jüngere, zieht seinen Bruder zurück und flüstert geheimnisvoll: »Emin, dort kommen die Dichter, die hier stets vor der hohen Pforte herumlungern und sich über das unterhalten, was in der Chalifenburg vorgeht. Verstecken wir uns im Gebüsch und hören wir mal zu! Es wird einen grossartigen Spass geben, wenn wir nachher plötzlich erscheinen und sagen, wer wir sind.«

Emin nickt, und sie verstecken sich.

Die Dichter kommen und schimpfen natürlich, wie sie's immer thun, auf Alles. Nur Einer schimpft nicht – das ist der berühmte Abu Nuwâs, denn der ist wieder mal so betrunken, dass er blos noch schlafen kann.

Der langen Reden kurzer Sinn ist, dass sich die Barmekiden auf dem Gipfel ihrer Macht befinden und dass es vollkommen unnütz ist, die Lobgedichte an das Herrscherhaus der Abbassiden zu richten, da sich das doch nicht bezahlt mache – nur Djafar, Fahdl und Jahjah seien zu preisen.

Wie die Herren Söhne im Gebüsch diese grossen Wahrheiten vernommen haben, springen sie plötzlich hervor und geben sich zu erkennen, loben die Dichter ihrer edlen Gesinnung wegen, beschenken Alle mit dickem Golde und steigen so vergnügt die fünfundzwanzig Stufen zur hohen Pforte hinauf, dass man glauben könnte, sie seien nicht blos die Herren Söhne – sondern die Herren schlechtweg.

Die Dichter gehen selbstverständlich mit Gebrülle in die nächste Kneipe, doch lassen sie in ihrer Aufregung den Abu Nuwâs ruhig weiterschlafen, er redet daher im Schlafe: »Was? Ihr gebt mir Nichts zu trinken? Was ist denn los? Bin ich dazu Euer grösster Dichter, dass...« Er wird unverständlich. Von oben aber kommt Fahdl, der *oben* gelauscht hat, mit dem Hauptmann der Thorwache herunter, lässt den Dichter wecken, schenkt ihm Gold und schickt ihn lachend nach Haus – zwei Soldaten müssen ihn in einer Sänfte tragen.

Währenddem kommen von oben noch zwei schwarze vermummte Gestalten herunter, die dem Hauptmann die berüchtigten goldenen Kugeln zeigen, die unbehinderten Durchlass gewähren. Doch der allmächtige Fahdl erkennt die Hände, die die Kugeln halten, nimmt die eine der vermummten Gestalten bei Seite und befiehlt dem Hauptmann, die andre mit sichren Leuten in das Schloss des alten Jahjah zu bringen; er verspricht, nachzukommen.

Die zurückgebliebene Gestalt nimmt, wie sie sich dem Fahdl allein gegenüber befindet, das Kopftuch ab – und die Europäer erkennen natürlich sofort den herrlichen Djafar, wissen auch gleich, dass die andre Gestalt nur die Abbasah sein konnte, und wundern sich garnicht, wie Fahdl seinem Bruder in leisem Tone eine Strafpredigt hält.

»Dir rappelt's wohl!« bemerkt der Fahdl zum Schluss, »um dieser Abbasah willen willst Du fliehen und uns Alle im Stich lassen? Das geht nicht, mein lieber Bruder! Lass Dich doch nicht von diesem verrückten Weibe an der Nase herumführen. Ich werde Euch für die Zukunft auf Schritt und Tritt beobachten lassen. So was darf nicht wieder vorkommen. Wir wollen wieder raufgehn! Du bist doch zu Allem fähig!«

Und sie gehen wieder die fünfundzwanzig Stufen rauf und verschwinden im Thorweg.

Die ganze hohe Pforte verschwindet zur selben Zeit ebenfalls, und die Europäer sehen im Hintergrunde die herrlichen Lusthäuser der Gebrüder Emin und Mamun.

Die Gebrüder empfangen den allmächtigen Fahdl – denn die Barmekiden stehen auf dem Gipfel ihrer Macht, und Fahdl lenkt die Welt. Diese Thatsache veranlasst die braven Prinzen, den Barmekiden täglich ein Schock der unsinnigsten Wünsche vorzutragen. Und der gewandte Fahdl versteht es, wie sich denken lässt, ausgezeichnet, die biederen Knaben völlig von sich abhängig zu machen. Er hat sie schon ganz in der Tasche. Um sie von ihren unsinnigen Plänen abzubringen, erzählt er ihnen Wunderdinge vom herrlichen Bruder Djafar, der so edel und tapfer sei, dass ihm Harun jeden Wunsch erfülle. Er empfiehlt nun den Knaben, auch recht edel und tapfer zu sein – dann würde er, Fahdl, ihnen auch jeden Wunsch erfüllen. Salbungsvoll sagt der Schlaue den Grossäugigen: »Ja! ja! Jahjah kann lachen. Djafar ist gross und Fahdl lenkt die Welt. Jahjah kann lachen. Warum lacht ihr nicht ebenso?«

Nun lachen alle Drei und verschwinden im Kuchenkiosk, wo zweihundert hübsche Knaben sich den Bauch mit Kuchen vollschlagen.

Der Kuchenkiosk fällt mit der ganzen Umgebung in die Tiefe, und es steigt dafür der grosse Palast der Zobaïda würdevoll in den duftblauen Märchenhimmel empor. Da funkelt wieder Alles von edlen Steinen. Des Chalifen hohe Gemahlin schwelgt wie stets im Glanz der schönsten Diamanten, sie empfängt auf ihrem goldenen Altan den alten Jahjah ibn Chalid ibn Barmek – stehend – von zwei Sklaven gestützt.

Als ›Mutter‹ spricht sie zu dem alten Mann, klagt ihm, dass ihre Söhne Emin und Mamun ganz aus der Art schlagen, sich garnicht an die Mädchen gewöhnen können und immer dumme Streiche im Kopfe haben – garnichts Ernstes – nichts Gesetztes.

»Diese ungezogenen Rangen,« ruft sie weinend und schluchzend, »die wissen noch garnicht, was es bedeutet: eine Welt zu beherrschen. Das ist doch schwerer als Kuchenessen und Unzucht treiben.«

Sie heult, und Jahjah verspricht Alles – selbst das Unmögliche!

Die Barmekiden sitzen auf dem Gipfel ihrer Macht, und Jahjah kann lachen – was er auch thut – es ist Alles gut. Das Geschäft blüht.

Die Landschaft mit dem Schloss dreht sich um, und aufm Tigris sehen anitzo die Europäer im Uferschilf eine grosse Barke, in deren Mitte Haruns Schwester Holagga sitzet und auch den Fahdl empfängt – ganz allein. Sie sieht verführerisch aus.

Die feurige Holagga, deren Stirn ein blitzendes Diadem umkränzt, setzt dem geplagten Vezier auseinander, dass es sich für ihn doch nicht schicke, sich mit den Knaben Emin und Mamun abzugeben. Und die schöne Frau reizt den Allmächtigen gegen die unreifen Herren Söhne auf, um selber reizend zu erscheinen. Doch Fahdl küsst ihr nicht als Liebhaber, sondern als Staatsmann feurig die Hand. Die Barke fährt um die Ecke herum, und es wird stockdustre Nacht.

Und die drei Flammen der Feueranbeter tauchen aus dem Boden heraus – in der Mitte auf dem runden Opferstein stehen die Gebrüder Emin und Mamun.

Die Barmekiden feiern ein Prinzenfest.

Nackte Mädchen und nackte Knaben tanzen johlend mit Fackeln in den Händen um die heiligen Flammen, küssen die Füsse der gediegenen Prinzen und beten diese Chalifen der Zukunft an.

Die Flammen flackern und wackeln stark, die Priester der Barmekiden krümmen sich vor Lachen, und die nackten Mädchen und Knaben werden immer verrückter – einfach wahnsinnig.

Die Herren Söhne amüsiren sich göttlich.

Der Vorhang fällt.

Die blauen Löwen liegen da wie die Sphinxe im Aegypterland – rühren kein Glied.

Die Europäer sehen sich wieder den neuen Vorhang an, der ganz schneeweiss ist und nur in seiner Mitte ein kleines braunes Kind zeigt, das mit bunten Eiern spielt.

Vor den Löwen spaltet sich der Wüstenboden, und unsichtbare Hände reichen in starken Granitschalen ein neues Gericht hinauf: Gestampfte Tomaten mit gefrornem Papagei. Die Wüste wird kühler.

Die Löwen sind aber auch sehr kühl. Pix bemerkt mit zitternder Pfote: »Das ist ausserordentlich liebenswürdig! Jawohl, wir wissen bereits: Ihr gebt uns immer so viel zu essen, damit wir nicht so viel reden sollen. Wirklich sehr liebenswürdig!«

Doch da ertönt über dem Vorhang Raifu's Stimme, sie spricht knarrend: »Ich hab Euch *nicht* das Reden verboten! Ihr sollt nur nicht pfeifen.«

Olli murmelt darauf: »Der alte Raifu ist doch so eitel wie ein ächter Bühnendichter! Hätt's garnicht geglaubt, wenn das früher jemand behauptet hätte! Die Abneigung gegen abfällige Kritik gehört wohl zum Handwerk. Schändlich, dass das Handwerk stets den Charakter verdirbt!«

»Redet Euch nur,« erwidert Raifu einfach, »ordentlich aus! Im weiteren Verlauf der Handlung dürftet Ihr nicht mehr viel Gelegenheit finden, thatkräftig und beredt in den Gang der Handlung einzugreifen.«

Nach diesen Worten erklären die Löwen, dass sie wieder gemüthlich sein wollen, lassen sich die gefrornen Papageien gut schmecken und finden auch die gestampften Tomaten nicht übel.

Der heftige Knaff äussert sich beim siebenten Papagei folgendermassen: »Liebe Europäer, warum seid Ihr so still? Ihr seht doch, dass wir mit unsern Vögeln genug zu thun haben. Nun redet auch mal was! ihr könnt doch nicht verlangen, dass wir in Einem zu Euch unterhalten.«

Die Europäer sehen das ein, sie schicken einen hageren Engländer vor, und der sagt:

»Wir bewundern an dem grossen Schauspiel, dem beizuwohnen wir die Ehre haben, in allererster Linie die vorzügliche Farbe; das koloristische Element erscheint uns bedeutend. Ausserdem wundern wir uns über die herrliche üppige Ausstattung, über die vielen Vorhänge und Wandeldekorationen. Wir haben die Empfindung gehabt, dass das dekorative Element zu stark betont sei. Wir wollen das nicht tadeln, wüssten aber gern, *warum* das Dekorative so überreich zur Geltung gelangt.«

»Der Orient,« antwortet Frimm, »ist an den Luxus gewöhnt. Der Orient ist nicht so armselig wie Europa. Er ist sogar ans Ueberladene, Ueberüppige, Hyperbarocke – kurzum ans Masslose gewöhnt. Und es erscheint uns völlig gerechtfertigt, dass in einem Drama der Masslosigkeit die grossartige Dekoration mehr Spielraum einnimmt als sonstwo. Ich freue mich, dass Ihr nicht so albern wie junge Hunde fragt. Indessen – schweigt jetzt! Wir wollen wieder ein ethisches Quintett reden – das scheint uns immer noch das Interessanteste an dieser ganzen Aufführung zu sein. Entschuldigt, dass wir dabei ruhig weiteressen – wir haben Hunger!«

Das Quintett beginnt:

Pix: In Wirklichkeit wählt *die Frau* niemals den Mann – sie folgt dem, der sie zwingt. Der Frauen höchstes Glück ist, sich vom Manne vollkommen unterdrücken zu lassen. *Das* Glück können nicht mal die Hetären entbehren – man sehe sich nur ihre Cinäden an.

Frimm: Die Männer thun manchmal so, als müssten sie die Frauen, die ihrem Manne nicht die grosse Liebe entgegenbringen können, bedauern. Das ist aber Alles Unsinn, denn ein ächtes Weib will garnicht viel gefragt werden. Nur Hetärennaturen sind wählerisch und *wollen* wählen.

Olli: Bei der Zuchtwahl können aber nicht beide Theile wählen. Allzu viel Scharfsinn gehört doch nicht dazu, das zu begreifen. Es kann doch immer nur das Weib *oder* der Mann wählen. Thut's aber das erstere Geschöpf, so wird die Rasse nicht veredelt werden – woraufs doch ankommt!

Knaff: Ach, das Schlimmste ist, dass Ihr so viel Umstände mit den ›gebildeten‹ Weibern macht! Die Liebe zur Gebildeten ist ja ebenso gut wie die zur Hetäre nicht für die Dauer – denn Beide wollen Abwechslung haben.

Plusa: Der Europäer ebenfalls.

Pix: Dazu ist aber der Harem und das Bordell da. Da weiss man doch immer, woran man ist – während man bei den gebildeten Weibern genau so wie bei den Hetären eigentlich nie weiss, woran man ist.

Frimm: Europäer, Ihr dürft Euch nicht über unsre stete Betonung der Zuchtwahlinteressen wundern. Wir Löwen stammen nun mal aus Arabien, wo die Zuchtwahlinteressen sowohl bei Thieren wie bei Menschen mordsmässig viel zu sagen haben.

Raifu erscheint wieder überm Vorhang und räuspert sich. Da die Löwen nicht drauf achten, schreit er wüthend mit geballten hocherhobenen Fäusten:

»Na? Wird's bald? Ich soll Euch wohl Beine machen! Wir haben nicht so lange Zeit!«

Die Löwen erheben sich und laufen im Trabe in die Mitte des Vorhangs hinein, der bald wieder zerrissen ist.

Die Europäer wundern sich über die Verschwendung und können sich nicht erklären, warum die schönen Vorhänge so rücksichtslos entzwei gemacht werden.

Aber das schadet Nichts.

Die dreizehnte Nummer beginnt:

Die Sklavin

Ein breiter schwarzer Steinrahmen schliesst das Bühnenbild ein; nur unten ist der Rahmen schmal.

Und in der schwarzen Umrahmung sehen die Europäer das Ankleidezimmer der Abbasah im hellen Tageslicht, das von oben niederscheint.

Die Onabba wandelt mit einem helllila Federpuschel langsam über die weissen Ziegenfelle, die den ganzen Boden bedecken, von einer Zimmerecke in die andre und stäubt die kleinen Ebenholztische, die Kruken mit den Seifen, Salben und Oelen, die bunten Flaschen mit den wohlriechenden Wassern, die Schminktöpfe, Spiegel, Kämme und Bürsten nachlässig ein bischen ab, puschelt auch an den kostbaren Wänden herum, deren Elfenbeinschnitzereien zu ihrem Aerger so viele Löcher und Kanten haben.

Eine andre Sklavin meldet währenddem, dass der ältere Bruder der Onabba aus Indien zurückgekehrt sei und seine Schwester im Specksteinsaal erwarte. Das rührt aber die gute Schwester sehr wenig, sie lässt den Bruder bitten, nur ruhig weiterzuwarten – sie komme bald.

Die holde Onabba wirft den Federpuschel fort und fächelt sich mit einem kleinen buntbemalten Papierfächer Kühlung zu, wobei sie sich an eine der vielen Säulen lehnt, die ganz mit Bernsteinschnitzereien, Korallenranken und Türkisen umkleidet sind. Aus den silbernen Räucherbecken wirbeln feine bläuliche Rauchbänder zur Decke empor. Es duftet nach Ambraholz und Kikânoblüten. Die Luft ist so weich – so weich wie die vielen Diwane, die mit gestreiften armenischen Teppichen bedeckt sind. In silbernen Schalen liegen hellgrüne Weintrauben. Die Schalen stehen überall herum.

Das ist ein Zimmer in dem Palaste, der einst dem Djafar gehörte. Djafar erscheint jetzt im Hintergrunde – herrlich gekleidet wie stets: das faltenreiche Gewand aus Baumwolle ist kirschroth und grasgrün gestreift, am dunkelblauen Turban brennt ein Rubin, der drei hohe steife schwarze Federn festhält.

Djafar hat hier natürlich von Rechts wegen Garnichts zu suchen, doch seine Rechte hält seinen krummen Goldsäbel trotzdem sehr stolz vor der Brust.

Die dunkelbraune Onabba trägt ein ganz feines weisses Spitzenhemd; die Arme und der Hals sind frei, die Beine sind mit den weiten weissen Seidenhosen der Abbasah umhüllt. Die Onabba steht ruhig an ihrer Säule und spielt mit ihrem Papierfächer, thut so, als wüsste sie garnicht, dass der Barmekide den Hintergrund ziert. Sie sagt daher wie zu sich selbst:

»Oh, wie ich den Djafar liebe! Ich möcht' ihn totküssen! Das ist ein Mann! Allah erbarme Dich meiner!«

Bei den letzten Worten breitet sie beide Arme aus, zieht sie aber heftig an die Brust, wie sie den Geliebten neben sich sieht. Ihre langen schwarzen Haare hängen aufgelöst in zottigen Strähnen um Arm und Hals.

»Auf wen,« fragt Djafar, »wartest Du hier?«

»Auf meinen Bruder!« erwidert die Sklavin.

»Mach keine Faxen, warum holst Du nicht die Abbasah?« fragt wieder der Barmekide.

»Sie ist krank und kann in jeder Stunde mit einem Kinde niederkommen.«

So antwortet leise mit glühenden Augen die Sklavin, die Alles weiss. Sie stürzt dann zitternd dem Djafar zu Füssen, doch den rührt das nicht. Er sagt ganz kalt, während er sich auf einem Diwan niederlässt:

»Melde mich der Abbasah! Schnell!«

»Das thu' ich nicht!« schreit die Sklavin auf, »und wenn Du mich erwürgen solltest, ich thu's nicht!«

»Warum denn nicht?« fragt wieder der Barmekide.

»Abbasah,« sagt sie, »kann nicht kommen. Aber Djafar soll hier bleiben. Ich will seine Füsse küssen.«

»Du willst mich wohl verführen!« ruft er lachend.

»Djafar,« giebt sie zurück, »schlage mich, mach mit mir, was Du willst – aber stoss mich nur heute nicht zurück. Wenn Du's doch thätest, würd' ich vielleicht der Versuchung nicht widerstehen können – von dem – Gebrauch – zu machen, was ich weiss!«

Sie umklammert seine Füsse und küsst sie, doch er schüttelt das Weib ab und sagt gähnend:

»So! So! Also drohen willst Du? Nun – wenn Du der Versuchung nicht widerstehen kannst – so widersteh ihr nicht, Du dumme Jöhre! Mir ist schon so Manches in der Welt langweilig geworden.«

Die Sklavin von vorhin ruft jetzt leise aber durchdringend: »Onabba! Vorsicht! Harun kommt!«

Die Onabba steht auf und blickt den Djafar mit Angst und Entsetzen an, sagt mit fliegendem Athem:

»Du wirst mich nicht rasend machen, ich weiss es! Wenn Harun kommt, muss er Dich in meinen Armen finden, und die Abbasah ist von jedem Verdacht befreit. Wenn Du noch einmal ›Nein‹ sagst, so zwinge ich Dich! Djafar, ich bin so rachsüchtig wie ein wildes Thier, hüte Dich!«

Stolz versetzt der Djafar: »Du Schaf, ein Barmekide hat niemals Angst. Sorglos, frech und toll! Jede Gefahr reizt mich! Ich lasse mich nicht zwingen. Kühl Dich im Eiskeller ein bischen ab! Es wäre lächerlich, wenn ich mich in diesem Palaste ertappen liesse – den kenn' ich besser als Du!«

Er verschwindet hinten, und die Sklavin ist wieder allein.

Man hört Stimmen nebenan, und nach einer Weile erscheint Harun. Er fragt die Onabba barsch, ob nicht ein Mann bei ihr war.

Sie wirft lachend den Kopf zurück und flüstert:

»Jawohl! Ein Mann war hier, doch ich werde ihn *nicht* verraten.«

»Wer war's?« fragt Harun.

»Geht er frei aus?« fragt die Onabba.

»Ja!« stösst rauh der Chalif hervor.

Und die Onabba sagt: »Mein Bruder war's! Er wartet im Specksteinsaal; lass ihn holen!«

Der Bruder wird herbeigeschleppt und gefällt dem Chalifen.

Die Schwester sagt zu ihm freundlich:

»Hab keine Angst! Du kannst ruhig sagen, dass Du hier bei mir warst. Dir geschieht Nichts.«

Harun lächelt und giebt dem Bruder der Sklavin ein Säckchen mit Gold, worauf diese zu schwatzen anfängt:

»Mein Bruder braucht immer Geld,« erzählt sie lebhaft, »er ist vor Kurzem aus Indien mit vielen Gauklern und Zaubrern nach Bagdad gekommen, um hier Geschäfte zu machen. Aber glaubst Du, dass er irgend etwas verdient? Ich hab' noch niemals drei Dirham in seiner Tasche gefunden. Und dabei hat er immer die grössten Pläne – lauter verrückte Geschichten – im Kopf. Mir stöhnt er immer die Ohren voll. Ich wäre glücklich, wenn's ihm endlich mal besser ginge. Könnt' er Dir nicht mal mit seinen Zaubrern ein paar Kunststücke vormachen?«

Harun giebt ihm noch zwei Säckchen mit Gold und befiehlt ihm, sich in der nächsten Woche mit allen Zaubrern und Gauklern beim Tanzmeister Kuntar vorzustellen.

Der Chalif entlässt ihn gnädigst und bleibt mit der Onabba allein, die ihm sofort zu Füssen sinkt und ihm die Füsse küsst und ihm in wilden glühenden Worten ihre Liebe kundthut.

Der Chalif hebt sie freundlich auf und drückt sie heftig an seine breite Brust.

Ein Knax – und das ganze Bild fliegt mitsammt dem Rahmen in den Hintergrund, wo's immer kleiner und kleiner wird – und dann ganz verschwindet.

Eine breite Felsenschlucht mit Wasserfall gähnt die Europäer an. Zwischen den Felsen kämpfen gefesselte Drachen mit gefesselten Pavianen.

Furchtbares Gefauche und Kettengerassel!

Die Löwen fahren mit beneidenswerther Seelenruhe und Seelengrösse in ihrer Unterhaltung fort.

Pix: Eine begehrliche Frau wird nur von Hetärentrieben beherrscht. Man hüte sich vor solchen Frauen. Die Frau hat einen sehr rohen Sexualinstinkt. Verfeinerte Zuchtwahlabsichten

kann nur der Mann haben. Den Frauen gefallen lockige Haare, grosse Augen, starke Muskeln –
lauter Dinge, die für die *Verfeinerung* der Rasse noch Nichts besagen. Der Mann sieht aber auf
Formen, Temperament und Charakter. Das ist doch wohl wichtiger.

Frimm: Das Weib ist garnicht im Stande, irgend eine feinere Zuchtwahl zu treffen. Wenn's
gebildet ist, wird's einen ganz gewöhnlichen Dummkopf zum Manne begehren. Daran muss
aber das gebildete Weib durch den Harem gehindert werden. Die Rasse kann nur durch die
intelligenten Zuchtwahlarrangements intelligenter Männer veredelt werden. Die Frauen haben
dabei wie stets nur eine passive Rolle zu spielen; die kommt ihnen eben zu. Ihr Widerstand
gegen die männliche Brutalisirung darf ebenfalls nur ein passiver sein. Genügt der etwa nicht?
Der Mann wird *auch* sehr kühl, wenn die Frau kühl *bleibt.* Er wird sie, wenn er die Rasse im
Auge hat – und die Rasse ist bei jedem vernünftigen Manne allein massgebend – auch nicht
übers Mass hinaus vergewaltigen; erzwingen lässt sich ja ein Nachkomme nicht. Schliesslich
dürfte jeder Mann froh sein, wenn er von einer kühlen Widerspänstigen befreit ist.

Olli: Es ist auch so furchtbar närrisch, dass die meisten Europäer, wenn sie ein Weib lieben, so
zart und taktvoll auf Gegenliebe warten – statt einfach zwingend und brutal aufzutreten, womit
sie zehn Mal weiter kommen, dem Weibe viel besser gefallen und der Rasse viel mehr nützen –
als mit Zartsinn und Takt, die bei allen möglichen Dingen – nur nicht bei Fortpflanzungsakten
von Werth sind. Die meisten Frauen wissen Takt und Zartsinn garnicht zu schätzen, thun's nur,
wenn sie annehmen oder wissen, dass sie damit gefallen.

Knaff: Ihr redet thatsächlich mit Seelenruhe und Seelengrösse! Ich kann mich aber für Eure
Gemüthlichkeit nicht sehr begeistern. So viel Zeit haben wir doch nicht.

Nach diesen Worten erschallt wieder mal des Riesen Raifu alter Basston – er sagt:

»Bis zur nächsten Nummer gehen anderthalb Jahre ins Land, darum wäre es nicht übel an-
gebracht, wenn Ihr die lange Zeit durch Gemüthlichkeit markiren würdet. Knaff, sei nicht so
hitzig!«

Das harmlose Geplauder wird also ruhig fortgesetzt.

Plusa: Ich möchte nur bezweifeln, dass die Männer des Orients ihren Weibern gegenüber viel
häufiger die Oberhand behalten haben als die Männer des Occidents.

Pix: Ewig musst Du Dinge reden, die nicht hergehören. Du scheinst Dich über das Frau-
enbehandlungsthema nur lustig zu machen. Schäm Dich was. Bei diesem Thema lacht ein
anständiger Mensch nicht.

Plusa: Ein blauer Löwe darf aber lachen.

Pix: So lach leise! Ich bemerke nur noch, dass die weiche Freundlichkeit nicht in allen Situationen ein Zeichen von Güte ist.

Frimm: Weiche Freundlichkeit ist nicht in *allen* Situationen ein Zeichen von Güte. Der Mann
muss gegen die Frau sehr oft hart sein; er liebt sie nicht, wenn er's niemals ist.

Olli: Erkrankungen des Gemüths infolge nicht befriedigter Zuchtwahldirektive können im
Orient nur in sehr geringer Zahl vorkommen, da eine Neigung zu Frauen, die schon in andern
Händen sind, des Harems wegen ja garnicht denkbar ist. So ist die unglückliche Liebe im Orient
beinah zur Utopie geworden. Man kann sich doch erst dann in ein Weib verlieben, wenn man's
gesehen hat. Die Eltern sind nun so scharfsinnig, dass sie ihre Töchter nur *den* Männern zeigen,
die im Stande sind, ohne Weiteres zu heiraten. Die unglückliche Liebe wird nach Einführung
des Harems auch in Europa zum Ammenmärchen werden.

Plusa: Der Orient als Gesellschafts-Ideal macht mir Spass. Es lebe der Haremsroman!

Knaff: Schrei nicht so!

Plusa: Ihr bedenkt aber garnicht, dass auch die Frauen infolge nicht befriedigter Zuchtwahldirektive erkranken können.

Frimm: Bei Frauen ist die unglückliche Liebe nur ein verkappter Wunsch nach hetärischer
Freiheit.

Plusa: Werdet blos nicht *zu* einfach. Eure Moral kommt obendrein nur in den Sphären, die
sich einer leidlichen Wohlhabenheit erfreuen, in Betracht. Wenn das Weib mitarbeiten muss,

kann's nicht mehr in Harem und Bordell eingesperrt werden. Das leuchtet doch wohl meinen leuchtenden Brüdern ein, nicht wahr?

Pix: Die armen Frauen, die ihr Brot selbst verdienen müssen, thun mir in der Seele leid. Das arbeitende Weib ist das Sinnbild der europäischen Armuth. Wo das Weib arbeitet, herrscht die Rohheit. Das weibliche Arbeiten ist was Unsittliches, da der Verdienst doch blos in die Hände von Männern geht, die uns nicht grade imponieren können. Die Arbeit des Weibes verschlechtert ausserdem noch die Rasse, ist auch niemals ordentliche Arbeit. Der Orient muss den Europäern stets zum Muster dienen.

Knaff: Es ist sehr unsittlich, dass die Frauen Europas Geld in ihren Fingern haben – ein höchst gefährliches Gut! Der Teufel hole die ganze Frauenarbeit, an der klebt kein Segen. Führt den Harem ein, und Ihr habe keine alleinstehenden Frauen mehr. Die Abschaffung der europäischen Emancipation, die nur verkappter Hetärismus ist, liegt auch im Interesse der Frauenwelt.

Olli: Lassen wir das Thema fallen, denn die Europäer lächeln so verschmitzt, als wenn sie mehr von der Sache verständen wie wir. Die Europäer meinen wohl zuweilen, wir machen blos Spass. Irrt Euch nicht! Wir sind ernster als alle Priester der Welt.

Die Europäer lutschen an ihren Apfelsinen und wagen kaum, aufzublicken. Die Löwen reden weiter.

Frimm: Durch den Harem würde auch der *dumme* Luxus vernichtet werden. Die kindliche Nachahmungssucht der Frauen hat, da sie eine selbständige Wahlfähigkeit nicht aufkommen lässt, dem Kulturfortschritt zu allen Zeiten geschadet. Die Frau muss aus dem ganzen öffentlichen Leben raus und darf auch am Herde des Mannes keine Freiheit haben – die verführt sie ja blos zum Treubruch.

Plusa: Dass der Harem den *dummen* Luxus vernichtet, bemerken wir schon an der Zobaïda. Ja, Europäer, die Löwen reden sehr sachlich; Raifu illustrirt eigentlich nur unsre Reden. Er ist unsertwegen da – nicht umgekehrt ist das Verhältnis.

Knaff: Mein lieber Plusa, Dir hat wohl wieder lange nicht die Nase geblutet. Du willst augenscheinlich die Rolle des kritischen Rindviehs spielen.

Frimm: Die Frau hat keinesfalls ein Recht, die gleichberechtigte Lebensgefährtin des Mannes zu werden.

Raifu ruft jetzt laut:

»Die anderthalb Jahre sind um.«

Die Drachen und Paviane ziehen sich heulend zurück.

Die vierzehnte Nummer beginnt:

Die Angst

Aus dem Hintergrunde der Schlucht schiebt sich eine Riesentreppe nach vorn und wird da so breit und hoch, dass sie fast das ganze Bühnenbild ausfüllt. Nur an den Seiten wachsen rosa blühende Oleanderbäume, und oben ist ein breiter Streifen bewölkten Himmels zu sehen. Die Stufen der Treppe sind von schwarzem Marmor, die Geländer von blauem Lapis lazuli.

Und Djafar steigt müde die Stufen, die zu den hängenden Gärten hinaufführen, hinan.

Oben erscheint hoch zu Ross die Sklavin Onabba; sie sitzt nach persischer Sitte wie ein Mann auf ihrem hellbraunen Pferde – hellblaue Kleider umgürten den Körper des hellbraunen Mädchens.

»Na komm nur rauf! Deine Freundin hat zwar augenblicklich noch keine Zeit – aber lange lässt sie Dich nicht mehr warten. Komm nur!«

Also die Onabba! Als Antwort hört sie:

»Du bist so das richtige Dromedar! Warum kannst Du mich nicht in Ruhe lassen? Glaubst Du, es macht mir Spass, wenn mich eine dumme Jöhre alle Tage angröhlt? Du solltest bescheidener werden!«

»Geliebter meiner Seele,« ruft unbeirrt die schöne Sklavin, »glaubst Du, es macht *mir* Spass, ewig und immer das Kuppelweib zu spielen? Dazu bin ich zu jung! Das geht jetzt schon länger als zwei Jahre so. Es passt mir aber nicht mehr!«

»Werde blos nicht ganz und gar verrückt!« schreit heftig der Barmekide.

Die Onabba weint und hebt dann zornig ihre Peitsche in die Höhe. Doch wie der Djafar oben neben ihrem Pferde steht, lässt die verliebte Magd die Peitsche sinken und flüstert demüthig: »Vergieb mir!«

Indessen – der Barmekide stösst dem Pferde furchtbar mit der Faust gegen die Brust und brüllt:

»Wirst Du nun bald vernünftig sein! Es ist ja kaum mehr zum Aushalten!«

Die Beiden verschwinden, die Treppe sinkt und dreht sich um, geht links ab – die hängenden Gärten ziehen langsam vorüber wie ein herrliches Ufer an einem schnell segelnden Schiffe vorüberzieht.

Wie die grossen Schwanenteiche kommen, stehen die Gärten still. Harun und Abbasah sitzen rechts in einer Laube, und Onabbas Bruder giebt auf dem grössten Teiche mit seinen indischen Gauklern und Zaubrern ein paar Kunststücke zum Besten. Die weissen Schwäne recken erstaunt die Hälse hoch. Flötenspieler spielen hinter den Lorbeerhecken. Die Rosen duften, und die Gaukler und Zaubrer machen Kunststücke. Harun sieht aber nicht mehr hin. Er wird von wilder Eifersucht geplagt.

Er sagt mit Thränen im Auge:

»Sieh, Abbasah, ich vertraue Dir und lass' Dir allen Willen. Du wirst doch meine Liebe nicht missbrauchen, nicht wahr? Ich werde rasend, wenn ich daran denke, dass Du mich betrügen möchtest. Sieh, ich liebe Dich ja so masslos. Ich lebe ja nur für Dich – mach mich nicht für ewig unglücklich! Sei ehrlich, Abbasah! Aber sei's auch nicht! Wenn Du mich nicht mehr liebst – dann betrüge mich! Nein – sei ehrlich! Liebe mich nur und thu, was Du willst! Abbasah, erbarme Dich! Oh, verlass mich nicht!«

Er weint und drückt sie heftig an sich, dass sie »Au!« schreit, redet dann lauter massloses Zeug, das natürlich ganz dumm ist, und geht plötzlich fort – Regierungsgeschäfte sind noch zu erledigen.

Die Gaukler und Zaubrer folgen dem Chalifen, die Flötenspieler verstummen, und Alles wird sehr ruhig; die Schwäne schwimmen schaukelnd in die Mitte des grossen Teiches.

Die Rosen und die vielen anderen bunten Blumen auf den sauber gepflegten Beeten duften stärker. Es wird Abend, der Vollmond geht roth hinten über dem Silberschloss auf, dass das auch ganz roth erglänzt.

Die Abbasah sitzt ruhig da, und Djafar erscheint.

Sie begrüssen sich, ohne ein Wort zu sagen, mit heissem Händedruck. Ein paar Frösche quaken dabei.

Sie sagt hastig: »Du, ich habe Angst. Der Harun ist so schrecklich aufgeregt und so eifersüchtig. Es ist garnicht mehr mit ihm auszuhalten. Er muss wieder eine kleine Zerstreuung haben. Ich hab' solche Angst. Djafar, wir müssen vorsichtiger sein. Du musst – ja ich weiss nicht mehr, was Du musst.«

»Gespenster!« antwortet Djafar, »Du könntest doch wohl ein bischen liebenswürdiger sein. Lass doch blos die ewigen Sorgen. Sei sorglos, frech und toll – wie ich! Abbasah, Du wirst alt!«

Sie wird wieder mal wüthend, und er lacht dazu. Das empört sie so, dass sie plötzlich ihr Häkelzeug nimmt und abgehen will.

Djafar fragt im harmlosesten Tone: »Warum gehst Du schon, mein Täubchen? Ist Dir die Nacht zu kühl oder stört Dich das Unkengequak?«

Und die Abbasah sagt fröstelnd: »Leb wohl! Ich muss den Harun aufsuchen. Ich habe solche schreckliche Angst. Sei mir nicht bös! Djafar, gute Nacht!«

Haruns Schwesterlein wirft ihrem Geliebten Kusshände zu und geht nach hinten, Djafar ruft noch wüthend. »Das nennt man Weibertreue!«

Er streckt sich auf der Bank lang aus und schaut durch die Zweige einer Trauerbirke in den Vollmond, der allmählich hellgelb geworden ist und die hängenden Gärten ganz hell erleuchtet.

Nicht lange liegt er so ruhig da, bald erscheint wieder auf ihrem Fuchs die Sklavin Onabba, die Alles weiss und den Djafar liebt.

Sie reitet vorsichtig am grossen Teich entlang und zügelt erst dicht vor der Laube ihr hübsches Pferdchen. Und nach einer kurzen Pause hält sie dem Djafar, der regungslos auf der Bank liegt und den Mond anstarrt, eine kleine wohlbedachte Rede:

»Mein Freund!« beginnt sie vertraulich, »mich treibt die Angst! Nach dem, was vorgefallen ist, solltest Du mit der Abbasah nicht mehr zusammenkommen. Ich halte das nicht für klug, die Abbasah ist auch viel zu kalt. Ich weiss nicht, was Du an ihr findest. Ich bin nicht eitel, aber schöner und feuriger als Deine bisherige Geliebte bin ich doch noch alle Tage – von der Nacht ganz zu schweigen. Ich bin ein Weib, das in die Welt passt, und Du bist blind. So seid Ihr Männer doch stets. Du darfst den Harun nicht eifersüchtiger machen, als er schon ist – sonst geht's Dir an den Kragen! Sei doch vorsichtig! Die Geschichte mit dem totgeborenen Kinde wird er eines Tages anzweifeln, und Du weisst, dass Mekka, wo das Kind Deiner Abbasah, dessen Vater Du bist, nicht so weit von Bagdad entfernt ist. Harun kann immer mal hinkommen, und dann ist die Geschichte richtig.«

Es donnert in der Ferne und blitzt ein bischen, der Mond scheint aber ruhig weiter, und Djafar bewegt sich nicht, thut, als wär' er stumm.

Das kränkt die wilde Reiterin, und sie ruft leise mit durchdringender heisrer Stimme:

»Wenn Du mich jetzt noch mal zurückstossen willst, so reit' ich Dich nieder. Antworte oder ich schlag' Dir mit der Peitsch' ins Gesicht.«

Es bleibt Alles ruhig wie zuvor, donnert nur hinten ein bischen stärker –

Da haut sie wüthend ihrem Fuchs die Sporen in den Bauch, dass das Thier sich bäumt und auf den ruhenden Barmekiden losspringt.

Im selben Augenblick hat der aber seinen langen Dolch blitzschnell dem Pferde in die Brust gestossen, dass es röchelnd zu Boden stürzt.

Die Onabba fällt ins Gebüsch und schreit gellend auf. Das Pferd verreckt.

Ein paar grosse Eisberge kommen von links und drücken die hängenden Gärten an die Seite – Frösche, Schwäne – Pferd, Mann und Weib – Alles ist im Nu fort.

Und das Eismeer schäumt über die Bühne mit unzähligen grünen Eisbergen, auf denen dumme Robben sitzen.

Eine Mitternachtssonne brennt düster über dem Schnee, dem grünen kalten Wasser und den noch kälteren Eisbergen, auf denen die dummen Robben sitzen.

Die Löwen haben eine riesige Wasserpfeife vor sich, von der fünf Schläuche in die fünf Löwenrachen hineinführen, aus denen natürlich unablässig mächtige Rauchwolken herausdampfen; die ganze Wüste riecht bald nach parfümirtem türkischem Tabak.

Das Rauchen hindert die edlen Löwen selbstverständlich nicht am Reden.

Pix: Da ich so viel Gemüth habe, muss ich bemerken, dass mir die Abbasah recht leid thut. Da sieht man wieder mal, dass die Freiheit eine recht bedenkliche Hinterparthie besitzt. Man soll sich eben nie durch die Vorderseite täuschen lassen. Ob's eigentlich nicht besser wäre, wenn wir Löwen mal persönlich in Europa erscheinen würden? Ich fürchte, die Stellung der europäischen Frau kann nur von uns allein regulirt werden. Die europäischen Männer sind ein bischen zu gutmüthig – fast Waschlappen!

Frimm: Die Monogamie zwingt auch zu einem fortdauernden Zusammenleben mit einer Frau – und das schickt sich doch nicht für einen anständigen Mann. Die Männer, die die Athmosphäre eines Weibes nicht entbehren können, sind ja so ekelhaft wie verfaulte Krokodile.

Olli: Die Europäer werden sich wohl schon gewundert haben, dass wir hier so ungenirt und gratis unsre Löwenweisheit zum Besten geben. Wozu wären wir aber auf der Welt da, wenn es uns verboten wäre, weise Bemerkungen überall einzustreuen. Die Europäer sollten auch so scharfsinnig sein und einsehen, dass wir hier nicht gut zu entbehren sind, da ja in einem dummen Liebesroman zu weisen Bemerkungen zu wenig Platz ist.

Knaff: Räumt blos mit der weiblichen Bildung auf! Die hat der Kultur noch niemals was genutzt, da sie ja für die Weiber nur Mittel zum sexualen Zweck ist. Wo die Frau die Impertinenz besitzt, den Mann übertrumpfen zu wollen, da werden bald *alle* Weiber zu Hetären.

Plusa: Schimpft blos nicht so viel! Wer viel schimpft, wird nicht ernst genommen. Wir müssen uns ausserdem viel concentrirter ausdrücken, da wir bei dem energischen Fortschreiten der Handlung sehr bald nicht mehr zum ruhigen Reden kommen könnten.

Pix (sehr laut!): Ich frage den Herrn Raifu ganz ergebenste ob durch diese Pause wiederum anderthalb Jahre markirt werden sollen?

Raifu: Jawohl!

Frimm: Ich komme mir an diesem Orte zuweilen wie ein alter Tanzmeister vor, der den ältesten Schweinen der Welt anständige Bewegungen beibringen soll. Das Geschäft ist anstrengend. Ich habe vor Kurzem gehört, dass jüngere Leute in Europa mit einem hübschen Weibe sich öffentlich sehr viel zeigen, um mit diesem Weibe zu renommiren. Diese jüngeren Leute bemerken wohl garnicht, in welche Beleuchtung sie dadurch rücken. Hundsgemein ist diese Prostitution des Mannes. Das ist schon Cinädenthum in voller Form. Es ekelt mich an, weiter darüber zu reden. Die jüngeren Leute Europas sind von mir hierdurch zur Vorsicht gemahnt. Ich appellire an das männliche Anstandsgefühl.

Olli: Wer den Weibern den Willen lässt, ist ein Narr. Son Weib hat, wenn man ihm Freiheit lässt, immer Launen und ›Stimmungen‹. Die Weiber wollen ja *eigentlich* garnicht frei gelassen *werden*, sie wollen ja bezwungen werden – ihr sexualer Instinkt macht ihnen ja das willenlose Abhängigkeitsgefühl zum Bedürfnis. Der Harem ist ja im tiefsten Herzensgrunde der Weiber das tiefste Herzensideal der Weiber. Wenn Ihr so scharfsinnig wie ich wäret, hättet Ihr das längst eingesehen und danach gehandelt.

Knaff: In Europa weiss man nie, woran man bei den Frauen ist. Woran liegt das? Hauptsächlich daran, dass die Frauen zu viel Geld in die Finger bekommen. Es darf nicht vorkommen, dass eine Frau von *ihrem* Gelde lebt. Es giebt stets unangenehme schmutzige Geschichten, sobald eine Frau Geld besitzt – der Mann hat das Geld zu besitzen. Eine selbständige geldhabende Frau besitzt, wenn sie nicht verheiratet ist, nur Hetärenrecht.

Plusa: Jawohl! Es kommt im tiefsten Grunde nur darauf an, dass die Frauen genau so sind – wie's die Männer haben wollen. Aber selbst der Prophet hat diese Frauen nur im Paradiese als Huris angetroffen. Also hat auch er die Weiber auf der Erde selten nach Wunsch gefunden – vielleicht nie! – vielleicht nie!

Pix: Lieber Bruder, Du willst wieder ungemüthlich werden und höhnen, siehst aber die erzieherische Seite des Harems nicht. Der Prophet ist doch der grösste Apostel des Haremismus. Der Harem vereinfacht und erleichtert das Weiberzähmungsgeschäft.

Frimm: Manche Männer, die gern den vornehmen Lebemann herausbeissen, thun auch so, als müssten sie die Weiber *studiren.* Ist das nicht *zu* lächerlich? Ich möchte blos wissen, *was* diese Männer an den Weibern studiren *wollen* – die ähnen sich doch so wie ein Ei dem andern.

Olli: Eure Reden stehen selten im unmittelbaren Zusammenhange. Und Knaff geht in seiner Heftigkeit regelmässig zu weit, was bei uns doch nur zuweilen zu tadeln sein dürfte. Ihr solltet öfters an die Bemerkungen des Vorredners anknüpfen. Das würde den Zusammenhang durchsichtiger machen. Die aphoristische Art verlangt zu viel Scharfsinn vom Publikum.

Knaff: Dwatsches Gerede! Wollen wir ja grade! Das Publikum soll doch zum Scharfsinn erzogen werden. Wenn uns das nicht gelingt, so sind unsre Reden so wie so vergeblich. Wir wollen überzeugen – nicht überreden. Das Publikum muss daher zum Mitdenken gezwungen werden, es muss sich selbständig vorkommen und sich zuweilen überlegen vorkommen. Du altes Dusselthier, Du willst blos, dass man Deine scharfsinnigen Glossen ganz besonders herausstreicht. Eitler Fant! Wenn man schimpft, hat man nicht die Ruhe, zierliche Uebergänge herzustellen und genau Alles abzuzirkeln.

Plusa: Jetzt schimpf' ich auch! Hört, Europäer! Der Mann, der zu seinem Weibe in einem Abhängigkeitsverhältnis steht, wird *gewöhnlich* blos deshalb nicht hochgeschätzt, weil er nicht die sexuale Kraft hat, das Weib zu bändigen. Wenigstens vermuthen die meisten Menschen bei Pantoffelhelden nur den Mangel an sexualer Kraft. Es beurtheilen also auch die Männer ihre Geschlechtsgenossen blos nach den Geschlechtsorganen – nicht wahr? Die Männer sind also nicht besser als die Weiber. Pfui Deiwel!

Die Löwen paffen solche Rauchmengen aus, dass der Pulverdampf einer europäischen Seeschlacht dagegen kaum den Qualm eines Kaminfeuers vorstellt.

In der Wasserpfeife knattert das Wasser wie Flintensalven.

Die fünfzehnte Nummer beginnt:

Das Kind

Der Wüstenboden, auf dem die Europäer sitzen, hebt sich ein gutes Stück höher, die Tabakswolken gehen dabei auseinander, und auf der Bühne rauscht leise ein schattiger Palmenhain; links durch eine Lichtung sind die Kuppeln und Minarets von Mekka zu sehen.

Im Schatten der Palmen liegt Djafar lang ausgestreckt an der Erde und sieht zu, wie der kleine Jussuf sein kleines Pferdchen einreitet; der Jussuf ist drei Jahre alt und ein Sohn der Abbasah, der zum Djafar ›Väterchen‹ sagt.

»Väterchen!« ruft er lustig, »wenn ich so gross bin wie Du, kann ich dann machen, was ich will?«

»Nein, mein Sohn,« erwidert ernst der weise Vater, »kein Mensch darf machen, was er will; er muss zu allen Zeiten andre Menschen um Erlaubnis bitten.«

»Ich will aber nicht!« schreit trotzig das Kind.

Der Vater hebt seinen Sohn vom Pferde runter und küsst ihn auf die Stirn.

Rechts im Palmenhain steht eine alte Lehmhütte, aus der ein altes Mütterchen herauskommt, das mit einer Kiepe auf dem Rücken langsam nach hinten humpelt; ein paar junge Ziegen laufen der Alten nach.

Das grosse breite Blätterdach bewegt sich leiser, Jussuf wird wieder auf sein Pferdchen gesetzt und trabt nun vorn immer im Kreise herum; das Pferdchen wiehert, der braune Junge schreit und flucht – Väterchen schmunzelt.

Dann senkt sich aus der Höhe eine andre Landschaft herunter, die sich weich und geräuschlos auf den Kronen der Palmen niederlässt und dort liegen bleibt – es ist der Wasserspiegel des Tigris, in dessen Mitte sich Haruns prächtiges Barkenschloss mit hohen Masten in den Himmel hebt; an den Masten hängen weite bunte Segel, die auf den Dachterrassen Schatten spenden.

Der Wüstenboden, auf dem die Europäer sitzen, hebt sich noch ein Stückchen höher, sodass Alle das zweite Stockwerk der Bühne genau so gut übersehen können wie das erste. Die Löwen sitzen aufrecht auf den Hinterbeinen.

Die Kronen der Palmen verbiegen sich nur ein wenig, es sieht aus, als befände sich unter dem Wasserspiegel eine unsichtbare Luftmasse, die das Obere mittragen hilft; die Stämme der Palmen scheinen sich allerdings etwas zu krümmen. Aber die Menschen unten merken von dem oberen Stockwerke Nichts – Reingarnichts!

Unten spielt Vater und Sohn Krieg, oben im Barkenschloss redet Harun zur Abbasah ein sehr ernstes Wort:

»Sieh,« sagt er finster, »hier bekomme ich plötzlich einen Brief, in dem steht: ›Harun, hüte Dich vor Deinen Freunden! Das Kind der Abbasah war nicht tot, es lebt heute noch.‹ Ich gebe ja nicht viel auf Schriftstücke, deren Verfasser nicht mal ihren Namen zu nennen wagen. Merkwürdig ist es aber doch, dass ich in letzter Zeit so viel von Kindern träume, die mich stets so ängstlich anblicken. Und ich weiss nie, ob's meine Kinder sind oder nicht. Wie erklärst Du Dir diesen Brief, Abbasah? Von wem kann er herrühren? Hast Du eine Feindin? Sag's nur ruhig, denn ich möchte wissen, wer hier wagen kann, so was an mich zu schreiben. Nun?«

Die Abbasah reisst ihm das Schreiben aus der Hand, starrt längere Zeit hinein und schüttelt dann mit dem Kopf.

»Es ist mir vollkommen unverständlich! Du hast doch das tote Kind gesehen. Was soll's also?«

So sagt sie, aber er meint ruhig:

»Das besagt noch Nichts. Es hätte doch auch ein fremdes Kind gewesen sein können. Dass *Dein* Kind totgeboren wurde, habe ich nicht gesehen, denn ich wurde ja bei der Geburt nicht zu Dir gelassen.«

»Dann hättest Du Dir,« ruft die Abbasah zornig, »den Eingang in mein Zimmer erzwingen sollen. Du bist doch sonst nicht blöde. Deine gemeinen Verdächtigungen möcht' ich mir aber verbitten. Du bist ewig misstrauisch. Ich muss Dir leider bemerken, dass Du mir mit Deinem Misstrauen und Deiner Eifersucht allmählich unausstehlich und langweilig wirst.«

»Abbasah, hör auf!« schreit der Chalif.

Dann wird's oben wieder still; nur die Wellen plätschern.

Unten spielt Vater und Sohn Krieg. Das Spiel gefällt dem Vater natürlich sehr wenig, es macht ihn heiss und ermüdet ihn; er hat in Mekka nur Neigung zum Nichtsthun. Er gähnt allmählich und giebt seinem Söhnchen keine Antwort mehr, sodass das sehr ärgerlich wird.

»Väterchen!« ruft es, »Du willst wohl wieder schlafen. Aber Du hast mich noch nicht um Erlaubnis gefragt.«

»Söhnchen!« sagt da der Vater, »bitte, erlaub mir, ein bischen zu schlafen. Ich bin so faul.«

»Faule Jungens,« spricht das Kind, »sollen nicht schlafen. Du kannst doch zu Hause schlafen, Väterchen!«

Jussuf springt vom Pferde, doch Djafar schläft schon, merkt nicht mehr, dass sein Kind ihn streichelt und küsst und seufzt.

Oben im Barkenschloss wird aber nicht geschlafen.

Die Abbasah redet mit keifender Stimme:

»Es ist das alte Lied: das Weib bleibt die Sklavin des Mannes, auch wenn der Mann das Weib befreien will – das geht garnicht. Man kann eher dem Ochsen die Hörner abschneiden als einem Weibe die Sklavenkette. Wenn uns Nichts mehr fesselt, so fesselt uns immer noch die alberne Eifersucht des Mannes, die das Weib erniedrigt und jeden ihrer Schritte verdächtigt. Du beleidigst mich in der empörendsten Weise und verlangst nun wohl noch, dass ich Dir zu Füssen falle und Dir Abbitte leiste. Erst schlagt Ihr Eure Weiber und dann verlangt Ihr Zärtlichkeit. Wenn Ihr Euch über die Nichtswürdigkeit des Weibes beklagt, so ist das ebenso, als wenn Ihr Euch über die Folgen Eurer Ausschweifung beklagt. Lebt vernünftig, so werdet Ihr Euch nicht zu beklagen haben. Behandelt die Frauen anständig, so werden sie nicht nichtswürdig sein. Ich soll jetzt mein vor drei Jahren tot geborenes Kind lebendig machen, nicht wahr? Es ist ein Wunder, dass Du nicht von mir verlangst, meine alte Urgrossmutter wieder lebendig zu machen. Du bist ja mein Gemahl und kannst Alles verlangen. Na natürlich!«

Sie lacht unangenehm, Harun bittet sie, mit ihm eine Kahnparthie zu unternehmen.

Der kleine Jussuf kriegt sein Väterchen nicht wach, so sehr er sich auch Mühe giebt. Schliesslich legt er sich neben den Schläfer und macht die Augen zu. Das alte Mütterchen geht rechts wieder mit der Kiepe ins Haus, doch die kleinen Ziegen bleiben vor der Thür stehn. Links wird Mekka von der Abendsonne stark geröthet.

Und der Palmenhain sinkt langsam in die Tiefe, das Wasser des Tigris kommt runter, und die Europäer sehen nur noch Harun und Abbasah Kahn fahren. Das sieht sich sehr gemüthlich an, obwohl der Chalif im Grunde seines Herzens von Sekunde zu Sekunde immer ungemüthlicher wird.

»Du hast mich,« brüllt er heiser, »garnicht verstanden, Du verstehst mich nie. Du willst mich nicht verstehen und kannst mich auch nicht verstehen. Ich will nur wissen, wer den Brief geschrieben hat, denn dieser Briefschreiber hat Dich beleidigt – nicht ich. Es ist mir garnicht eingefallen, Dir Vorwürfe zu machen. Komm! Trink! Sprich nicht weiter!«

Sie trinken und lassen sich von den Wellen des Tigris schaukeln – hierbei steigt der Wasserspiegel wieder in die Höhe und verschwindet oben.

Unten sehen die Europäer in eine dunkle Wüste, die nur vom Sternenhimmel erhellt wird. Eine lange Karawane mit unzähligen Kameelen zieht vorüber. Die Kameele sind ganz schwarz und nicken mit den Köpfen. Plötzlich werden die Thiere ganz gross, wachsen in den Sternenhimmel hinauf – wie Schatten. Die Kameele werden auch wie Schatten mal wieder kleiner. Aber – ob sie gross oder klein sind, immer nicken sie mit den Köpfen.

Die Löwen recken sich, tanzen ein bischen Walzer, wobei Pix in der Mitte stehend die Melodie mit dem Schwanze knallt, und werfen sich plötzlich auf den Rücken.

Der Wüstenboden, auf dem die Europäer sitzen, geht wieder runter in seine gewöhnliche Lage.

Und die Löwen gehen wieder auf allen Vieren langsam erst von Süden nach Norden und dann umgekehrt. Bei diesem Spaziergange setzen sie ihre langen Reden über Weib und Kind brummig fort.

Pix: Nun *hat* er das Wurm! Das arme Väterchen! Manche Menschen wissen eben noch nicht, was es mit dem Weisesein auf sich hat. Weisesein heisst nur: in allen Lebenslagen möglichst vorsichtig sein. Um das sein zu können, muss man natürlich möglichst viel über Alles nachdenken. Ordentlich nachdenken kann man aber nur, wenn man möglichst oft allein ist.

Frimm: Das Publikum, das wir vor uns haben, wird diese Weisheit nicht kapiren. Schweifen wir nicht ab!

Olli: Den Europäern soll endlich mal das Gewissen geschärft werden. Der Mann, der sein Weib einem Freunde vorstellt, *ist* bereits ein hundsgemeiner Kuppler – braucht es nicht erst zu werden. Die europäische Monogamie ist eben eine ewige Quelle öffentlichen Aergernisses. Die männlichen Kuppler sind tausend Mal schlimmer als die weiblichen. Europa ist anspeiungswürdig. Ihr wundert Euch wohl über unsre permanente sittliche Entrüstung. Täuscht Euch aber nicht! Wir sind klüger als Ihr. So sehr uns auch die freien Frauen befehden werden, die anständigen Frauen sind sämmtlich auf unsrer Seite.

Knaff: Wo die laxe Lüderlichkeit herrscht, sitzt bald die Hetäre auf dem Throne. Ihr habt durchaus kein Recht, Euch über unsre ewigen Zuchtwahlreden lustig zu machen. Wir *wollen* Euch arabisch vorkommen. Das Liebesthema ist nur ein Rassenthema – nicht blos bei den Arabern – sondern überall.

Plusa: Die Europäer würden wohl einen schönen Begriff von uns bekommen, wenn ich nicht gelegentlich das Wort ergriffe. Also: lasst Euch sagen: die wahren Menschen gehen allen Weibern und sämmtlichen anderen sexualen Werthobjekten der Erde stets aus dem Wege. Zu den grossen sich selbst genügenden Naturen, die auf alle Liebe pfeifen, sprechen wir nicht! Das vergesst nicht! Von Euch Europäern kann man natürlich die wahrhaft grossen Leibesübungen nicht verlangen.

Pix: Mach keine Witze!

Plusa: Ihr könnt nicht unbeweibt sein – so weit sind ja noch nicht mal die meisten Männer des Orients – Raifu ist ja ebenfalls nur gegen seinen Willen unbeweibt.

Ein schwerer eiserner Zauberstab saust auf Plusa's Rücken nieder; der Zaubrer, der's that, ist nicht zu sehen.

Frimm: Die Bemerkung des Plusa hatte Hand und Fuss und ist so wichtig, dass ich nicht umhin kann, noch einmal energisch zu betonen, dass die ausserordentlichen Menschen selbstverständlich allen Arten von sexualer Befriedigung aus dem Wege gehen, da ihnen ja andre Pflichten als die der Rassenverfeinerung obliegen. Das einfache Volk, zu dem wir hier ganz allein in unsrer vornehmen Art zu sprechen belieben, kommt selbstverständlich ohne Berücksichtigung seines Sexualsystems nicht aus – deshalb sollen aber die Männer nicht sentimental werden.

Olli: Das Masslose in der Liebe, das allzeit nicht frei von Sentimentalität ist, erzeugt die Monogamie.

Plusa: Und das Kind!

Der älteste Zaubrer: Ich muss doch endlich bemerken, dass es sich für die Löwen nicht schickt, hier stets so didaktisch und professoral aufzutreten. Ihr müsst Euch mit Rücksicht auf das Kunstwerk, das wir aufführen, die doktrinäre Schulmeistermiene ein wenig abgewöhnen – sonst wird Raifu Euch Brillen auf die Nase setzen. Künstler und Schulmeister vertragen sich nicht.

Knaff: Ihr ollen Aesthetiker – Ihr habt ja die dicksten Brillen auf der Nase – seht Ihr die nicht?

Plusa: Es ist nur gut, dass der älteste Zaubrer des Orients erst jetzt mit seiner Warnung kommt, wo wir eigentlich schon genug geredet haben.

Der älteste Zaubrer: Lieber Plusa, Du kriegst heute noch gewaltige Wichse – das prophezei' ich Dir.

Der älteste Zaubrer steigt wieder in seine höheren Höhen, er murmelt blos noch: »Absolute Talentlosigkeit!«

»Zur Sache!« schreit Plusa.

Pix: Die Europäer haben nicht nöthig, sich darüber zu ärgern, dass jetzt auch die alten Zaubrer, unsre alten Rivalen, hier mangreden. Wir wollen noch einige sachliche Bemerkungen über Weib und Kind machen und dann einfach das Maul halten.

Frimm: Sollten die Frauen Europas ihr Recht auf Treubruch durchaus durchdrücken wollen, so werden wir für die absolute Freiheit des Mannes plaidiren. Wir werden's dann nicht mehr für nöthig halten, dass die Männer für die Kinder sorgen. Wo die Frauen frei sind, werden's die Männer noch viel mehr sein.

Knaff: Bravo! Wurscht wider Wurscht! Die Kinder müssen dann auch blos den Namen der Mutter führen. Und die Mutter kann denn ganz frei und unbehindert für ihre Kinder allein sorgen.

Plusa: Demnach läge also die Freiheit der Frau und der Liebe nur im Interesse der Männer! Hurrah! Europäer, freut Euch – jetzt könnt Ihr wieder machen, was Ihr wollt! Wir haben nur gescherzt.

Pix: Plusa, benimm Dich nicht wieder so unpassend und unanständig.

Frimm: Es ist bald Zeit, den infamen Bengel aufzufressen.

Olli: Die Bemerkungen Frimms werden den Europäern ganz bekannt und geläufig sein.

Plusa: Europäer, giebt's bei Euch nicht so manche wilde Ehe, die nur der Furcht vor der hetärischen Monogamie ihr Dasein verdankt?

Die vier andern Löwen springen mit aufgesperrtem Rachen brüllend auf den Plusa los, doch der läuft fort, und es beginnt eine wilde Hetzjagd.

Plusa ist leider schneller als seine Brüder.

Den Europäern fliegt der Wüstenstaub ins Gesicht.

Die Riesenkameele gehen kopfnickend rechts ab.

Die sechzehnte Nummer beginnt:

Der Verrath

Der Wasserspiegel des Tigris kommt wieder in heller Morgensonne herunter und bedeckt die ganze dunkle Wüste, sodass von ihr Nichts mehr zu sehen ist.

In seinem Barkenschloss steht Harun unter einem mächtigen Segel von bluthrother Seide mit seinem dicken Henker Masrar im eifrigsten Gespräch; die Beiden sind auch ganz in bluthrothe Seide gekleidet.

Harun will erfahren, wer ihm den verhängnissvollen Brief geschrieben hat. In Anwesenheit des gefürchteten Masrar sind schon viele Sklaven und Sklavinnen ausgefragt worden – jetzt kommt die Onabba an die Reihe.

»Onabba!« fragt Harun, »wer schrieb diesen Brief?«

Die Gefragte antwortet nicht, sie holt nur mehrmals tief Athem und bittet dann, den Masrar fortzuschicken, was sofort geschieht.

Wie der Masrar fort ist, stürzt die Sklavin vor dem Chalifen auf ein Knie und küsst den Saum seines Gewandes; dabei schreit sie plötzlich gellend auf.

Und dann sagt die Onabba hastig:

»Abbasahs Kind lebt in Mekka vor dem Morgenthor bei der alten Kiepenfrau im Palmenhain. Und Djafar, der Barmekide, ist der Vater des Kindes, das jetzt grade drei Jahre alt sein muss. Geh hin und sieh nach – ich lüge nicht!«

»Geh!« stösst Harun hervor.

Und dann ist er allein.

Er setzt sich vorsichtig auf einen gestreiften Diwan und starrt auf den Teppich, der vor ihm liegt.

Der Wind bläst das bluthrothe Segel auf, die Maststangen des Barkenschlosses knarren, und unten an der Treppe schaukeln die Kähne und stossen sich. Über die dunkelblauen Wasser huschen kleine weisse Schaumwellen. Der Himmel ist wolkenlos.

Harun sitzt da und starrt immerfort den Teppich an, murmelt dabei leise: »Was war das? Was war das? Ein Kind? Ein Kind? Und Djafar ist sein Vater? Ich versteh's noch nicht. Djafar ist doch mein Freund. Was ist das? Was ist das? Djafar, bist Du da? Nein, ich bin allein – bin ich wahnsinnig? Ich hab' ihn doch geliebt wie Keinen – er hatte doch Alles – Alles. Was ist das denn?«

Er starrt wieder auf den Teppich. Plötzlich brüllt der allmächtige Chalif wie ein Wahnsinniger, springt hoch auf wie ein wildes Thier, dem die Lanze durch die Brust fuhr, und fällt dann schwer zu Boden auf den Teppich.

Gleich hebt er aber wieder erschrocken den Kopf auf und murmelt wieder: »Was war das? Was war das? Wer war hier? Hab' ich ein Kind von der Abbasah? Nein! Nein! Nein!«

Er weint – weint immerzu und schreit dann wieder: »Was war das?«

Haruns Körper zuckt, wie ein sterbendes Thier zuckt. Plötzlich krampfen sich seine Glieder, und er schlägt mit der Faust auf den Teppich, dass das ganze Schloss zittert.

Er reisst sein Schwert raus, es blitzt hoch in der Luft und saust dann auf den Diwan nieder, in dem's stecken bleibt.

»Du Hund!« kreischt er.

Er reisst das Schwert wieder raus, biegt es überm rechten Knie und zerbricht es.

Weit in den Tigris schleudert er die beiden Schwertstücke und bricht dann zusammen, als wär' er vom Schlage getroffen.

Doch plötzlich tönt seine Stimme ganz kalt und rauh:

»Es war nur der grosse Irrthum meines ganzen Lebens. Ich habe stets gehofft, einen Freund zu finden, dem ich vertrauen durfte. Und ich habe mir schliesslich eingebildet, Djafar wär's. Und es war ein Irrthum. Ich bin wieder allein. Nein, ich war stets allein. Aber Djafar hat mich betrogen.«

Der Chalif springt wieder auf wie ein verwundeter Tiger, er will mit dem Kopf durchs rothe Segel, hält aber plötzlich an und schüttelt sich und sagt dann ganz traurig – gebrochen:

»Er hielt mich wohl für zu dumm! Ja! Ja! Ich bin auch sehr dumm. Er trat mich mit Füssen! Er hat mich verhöhnt, er hat mir mein Weib verführt, er hat mich zum Hahnrei gemacht. Nein, er hat mich noch tiefer erniedrigt. Wie weh das thut!«

Er weint wieder, und sein Körper zuckt.

Plötzlich streicht er sich mit den Händen die Arme und die Wangen, sagt: »sei ruhig, Harun!«

Und dann reckt er die Fäuste zum Himmel auf und betet – seine Lippen bewegen sich.

Ruhiger wird er, wischt sich die Thränen ab, wirft sich auf den entzweigeschlagenen Diwan und spricht auf ein Mal ganz weich:

»Was fehlt mir blos? Ist denn was bewiesen? Nein – noch nicht. Ich muss nach Mekka.«

Er starrt wieder auf den Teppich und murmelt unverständliche Worte, aber bald immer hastiger, immer schneller, die Zähne knirschen, die Finger zerkrallen den gestreiften Diwan, die Augen starren blöde, er kreischt auf, und unheimlich gellt es über die Wasser des Tigris – dann fällt er zurück und brüllt: »Du Biest, Du verfluchtes Biest!«

Eine Weile ist es danach still.

Doch bald erhebt er sich abermals, stösst die Fäuste zuckend zum Himmel… das Gesicht verzerrt sich, die weissen Zähne glänzen heraus, Schaum tritt zwischen den Zähnen hervor und fällt in den Bart – und dann brüllt er furchtbar laut wie ein Wahnsinniger – zuletzt schreit er kreischend:

»Masrar! Masrar! Masrar!«

Der Henker stürmt herbei und fällt seinem Herrscher zu Füssen.

»Befiehl, Herr! Mein Schwert ist scharf.«

Also der Henker. Doch Harun brüllt wieder wie vorhin: »Masrar! Masrar! Masrar!«

»Komm an meine Brust, Du Hund!« setzt er nach einer Weile hinzu, »wir werden nach Mekka reisen, nimm all Deine Knechte mit – all Deine Knechte – vergiss Keinen, sonst schlag' ich Dich tot! Komm!«

Der Henker steht auf und fasst den Harun um die Hüfte. Der Chalif taumelt wie ein Betrunkener, noch ein Mal hebt er hinten neben dem blutrothen Segel die Hände empor und schreit weinend und schluchzend immer wieder:

»Du Biest, Du verfluchtes Biest!”

Die beiden roth gekleideten Männer gehen schwankend hinten die Treppe runter.

Der Vorhang fällt.

Der Vorhang ist pechschwarz und in seiner Mitte steht ein Mann ohne Kopf; der Körper des Mannes ist ganz mit Blut besudelt.

Die Europäer und die Löwen sehen sich stumm den Vorhang an; es wird schwül in der Wüste – die Käfer zirpen unheimlich – und der Sternhimmel erhält allmählich einen fahlen Glanz – wie ungesunde dunkle Augen.

Die Löwen kriegen Nichts zu essen – auch Nichts zu trinken – auch Nichts zu rauchen. Und sie murren darüber.

Pix sagt: »Die Treue des Weibes ist nicht viel mehr als Hundetreue – nimmt man ihr den Futtersack weg, so verhungert sie.«

»Passt allerdings,« meint Plusa leise, »nicht auf die Hetäre Abbasah – stimmt überhaupt nicht. Auch der Vergleich mit den Hunden ist schief; die sind viel treuer als die Weiber. Pix, Du bist der vorsichtigste Löwe – und drum der Weiseste.«

Olli mit seinem bekannten Scharfsinn bemerkt lächelnd: »Der tiefste Schmerz des Weibes kommt dann zum Ausdruck, wenn die liebende Dame einsieht, dass ihre sexuale Bedeutung dem Manne nicht genügt. Das ist tötlich für alle Weiber und macht sie ganz und gar zu rachsüchtigen Hetären.«

»Das passt,« brummt Plusa wieder, »ebenfalls nicht hierher. Es wäre doch wohl besser, wenn die Europäer ein paar Weisheiten loslassen wollten. Europäer, redet! Möglichst furchtlos, wenn ich bitten darf!«

Und die Europäer senden muthig einen muthigen Gelehrten vor, der einen kahlen Kopp hat, einen Kneifer auf der Nase trägt, etwas dickbäuchig ist und folgendermassen zu reden beginnt – mit einem kleinen Manuskript in der Hand:

»Hochverehrte Löwen der Weisheit! Allmächtige Meister der Tragik und Komik! Wir haben eifrig zugehört und zugesehen und unsre Sinne nicht wenig ergötzet. Das Kunstwerk als solches gefällt uns; wären wir in Europa, wir würden aus dem Klatschen garnicht heraus kommen. Aber Eines erscheint uns bedenklich: der didaktisch-symbolische Kern der Sache will uns nicht so recht munden. Wir sollen doch zum Haremismus bekehrt werden. Es wird uns aber der Harem durchaus nicht in verlockenden Farben und Formen vorgeführt. Ist das nicht ein Fehler?«

Der kahlköpfige Herr kraut sich mit der Linken hinterm rechten Ohr und studirt sein Manuskript. Plusa nähert sich dem muthigen Manne und beugt sein Haupt nach unten – reisst seinen ungeheuren Rachen auf und beisst mit einem Haps dem Mann aus Europa den kahlen Kopf ab – knackt ihn auf und schluckt ihn sammt dem Kneifer runter.

»Nee, so was!« schreien die Europäer und machen die Augen zu.

Plusa sagt aber schmunzelnd, während der kopflose Rumpf vor ihm umfällt:

»Siehst Du, mein Jungchen, so geht es Jedem, der an Meister Raifu was zu tadeln findet. Tadelnde Kritiker sind, wenn Du das noch nicht wissen solltest, zumeist vom Stamm der Parasiten. Hat sonst noch Jemand was zu sagen oder zu fragen? Sehr gut! Die europäischen Menschenköpfe schmecken auch nicht besonders. Dem nächsten Naseweisen werd' ich daher den Kopf blos aufknacken und dann ausspucken. Aber merkt es Euch: haarige Köpfe mag ich nicht!«

Kaum hat Plusa das gesagt, so sausen auf ihn die schweren Zauberstäbe von sechs Zaubrern auf seinen Rücken, dass der gestreift wird – wie das Fell eines Tigers – hell- und dunkelblau.

Der Löwe muss den Kopf wieder von sich geben, die Zauber leimen das arg misshandelte Haupt aus Europa wieder zusammen und kleben es seinem Besitzer wieder auf, nur der Kneifer ist nicht wiederzufinden, worüber sich der kahlköpfige junge Mann nicht wenig entrüstet.

Die Löwen gehen fluchend auf und ab.

Knaff bemerkt grimmig:

»Diese ollen Zaubrer! Kaum macht Einer einen saftigen Witz – gleich hat er die Prügel fort. Das lässt uns aber kalt. Starke Löwen können Prügel vertragen.«

Die Zaubrer steigen lachend nach oben, wo ›Raifu's‹ Kopf schon erschienen ist.

Raifu pfeift – und die Löwen reissen wieder den Vorhang entzwei – trutzig wie immer.

Die siebzehnte Nummer beginnt:

Das Entsetzliche

Der Palmenhain bei Mekka!

Der kleine Jussuf jagt die kleinen Ziegen, dass die sich kaum zu retten wissen. Die armen Thierchen!

Links glänzen wieder die Kuppeln und Minarets der heiligen Stadt. Rechts wird die Kiepenfrau von den Henkersknechten Haruns verhaftet.

»Ach mein gutes Gottchen,« ruft die Alte wimmernd, »ich hab' doch Nichts gethan. Der ungezogene Junge! Nun kommt auch noch so was. Ich weiss nicht, von wo das Kind her ist. Ich weiss von Garnichts. Ich bin unschuldig. Ich bin eine arme alte Frau, die vom Kiepenmachen lebt. Ach Du, mein gutes liebes Gottchen, hilf mir doch. Ich hab doch Nichts gethan.«

Während dieser Rede wird sie mit starken eisernen Ketten gefesselt und abgeführt. Die alte Frau wimmert und weint schrecklich. Man hört noch, wie sie auf den Jussuf schimpft: »Dieser ungezogene Bengel – meine kleinen Ziegen hat er fast zu Tode gehetzt. Und nun werd' *ich* dafür bestraft. Ach, Du gutes Gottchen!«

Ein baumlanger Knecht mit rothem Turban, Tigerfell um die Lenden – sonst nackt – bleibt vorn ganz allein hinter einem Palmenstamm und beobachtet den kleinen Jussuf, der die kleinen Ziegen ruhig weiter hetzt. Nach einer Weile hebt der schwarzbraune Knecht seinen krummen Säbel empor und lässt ihn über seinem Kopfe funkeln.

Und Harun erscheint in hellblau und schwarz gestreiftem Beduinengewande; er winkt dem Knecht, dass der den Säbel sinken lässt, und greift sich den Jussuf.

»Das ist er!« ruft der Knecht.

Harun packt den Knaben mit der Rechten am Genick und nähert ihn langsam seinem Gesicht und sagt nach einer Weile zitternd ebenfalls: »Das ist er!«

Der kleine Jussuf strampelt mit den Beinen und schreit wüthend: »Was willst Du, dummer Mensch?«

Harun schüttelt den Jungen in der rechten Faust und stösst ihm mit den Knöcheln der linken so furchtbar ins Gesicht, dass dem armen Kinde das Blut aus Nase, Mund und Augen quillt.

Dann fasst der Wütherich dem Kinde an beide Ohren und reisst sie ihm mit einem Ruck vom Kopf ab, dass der verstümmelte Kleine mit grässlichem Gekreisch zu Boden fällt.

Harun brüllt wie ein Stier und reisst den Knaben an einem Bein empor und schwingt ihn in der Luft herum und umklammert dann das Bein mit beiden Händen und haut mit dem Körper auf einen Palmenstamm los, als hätt' der Grausame eine Axt in den Händen. Er schlägt so mit dem Kinde zehn Mal auf den Stamm los, dass der kleine Kopf abfällt und Harun mit dem Rumpfe hinstürzt.

Der Knecht sinkt auf die Kniee und betet.

Harun aber springt wieder auf und brüllt:

»Masrar! Masrar! Masrar!«

Der Henker kommt mit seinen Knechten, und Alle fallen vor dem Gewaltigen auf die Kniee und beugen das Haupt; Jeder zittert und bebt.

Nur Masrar bewahrt seine Ruhe, denn er ist der stärkste Riese im ganzen arabischen Reiche und dem ungeheuren Weltherrscher an Grösse und Kraft ebenbürtig.

Harun spricht kalt:

»Jener Sklave dort – der mit dem rothen Turban und dem Tigerfell – hat hier gegen meinen Willen ein kleines Kind bis zur Unkenntlichkeit verstümmelt und totgeschlagen. Ich kam leider zu spät und konnte dem Wütherich nicht mehr in die Arme fallen; er hatte sein Werk schon vollbracht. Masrar, trenn dem Vieh das Haupt vom Rumpfe! Ihr Andern aber, Ihr vergrabt das Kind dort hinter der Lehmhütte – da drüben liegt des Kindes Kopf – hier sind seine Ohren!«

Harun schwankt und fällt schwer gegen den blutigen Palmenstamm. Die Henkersknechte tragen das zerstümmelte Kind fort, und Masrar haut mit einem Hiebe dem Sklaven mit dem rothen Turban und dem Tigerfell den Kopf ab.

Der Chalif sinkt ohnmächtig nieder.

Die beiden kleinen Ziegen kommen herbei und beschnuppern den ohnmächtigen Fürsten und lecken ihm das Blut von den Händen.

Wie der Chalif erwacht und das sieht, befiehlt er, die beiden Thiere sofort zu schlachten, er will das Blut der Ziegen mit starkem Wein vermischt trinken.

Die Knechte beeilen sich, den Befehl zu erfüllen.

Wieder röthet die Abendsonne die Kuppeln und Minarets von Mekka. Die Palmen rauschen leise. Und kleine bunte Vögel schwirren vorüber, sie zwitschern munter und machen einen grossen Lärm.

Harun sieht zu Masrars Füssen den Kopf des unvorsichtigen Sklaven und befiehlt, den Kopf wegzubringen – auch den Rumpf sollen die andern Knechte wegbringen.

Es geschieht Alles, was der Allmächtige befiehlt. Er liegt aber noch immer an der Erde. Masrar steht neben ihm auf sein blutiges Schwert gestützt in seinem blutrothen Mantel, starrt seinem Herrn unverwandt ins Gesicht und bewegt sich nicht.

Die Sklaven bringen den Blutwein in einer irdenen Kanne und füllen den Trank in einen silbernen Reisebecher.

Harun trinkt.

Und plötzlich wird Alles so hell, es wird Alles so weiss glänzend, dass die Europäer die Augen schliessen müssen – so hell ist der Glanz!

Selbst die Löwen müssen sich abwenden.

Auch sie können die weisse blendende Helligkeit nicht ertragen – die ist so hell wie die grosse Sonne um die Mittagszeit.

Aber die Löwen lassen sich's nicht gefallen, dass die Europäer ihnen die Hinterköpfe zudrehen.

Pix bemerkt empört:

»Nun thut nur nicht so, als wenn Euch die Sache allzusehr an die Nieren ginge. Dreht Euch wieder um und haltet die Hand vor die Augen, dann werdet Ihr besser hören, was wir Euch noch zum hundertsten Male wieder von Neuem auseinandersetzen müssen. Dadurch, dass Ihr dripsnäsig seid, bessert Ihr Nichts.«

Und Knaff fügt heftig hinzu:

»Ihr braucht Euch mit Eurer Gerührtheit und Eurem moralischen Widerwillen nicht dicke zu thun. Wir sind zwar sehr kalte Kerle, haben kein Gemüth wie die Menschen – aber ›gut‹ sind wir im Grunde unsres Löwenherzens doch – wir sind nur grösser als Ihr.«

»Dass wir grösser sind als Ihr,« sagt Frimm, »hat Euch wohl schon der Augenschein gelehrt. Ihr thut nur manchmal so, als wenn Ihr nicht deutsch verstündet. Das ist keine vornehme Art! Ihr versteht die deutsche Sprache ganz gut, denn sie ist die herrschende Sprache Europas. Ihr werdet noch so lange machen, bis wir Euch sammt und sonders mal gehörig vertobacken.«

Olli meint, dass die Europäer nach all der vielen Löwenweisheit jetzt wohl so scharfsinnig sein könnten, sich das übrige Alles selber zu sagen. Doch seine Brüder streiten den Europäern jede Art von Scharfsinn ab. Und somit lassen denn die Löwen auch jetzt wieder ihre weisen und belehrenden Bemerkungen in der gewohnten Weise vom Stapel.

Pix: Ich bemerke also noch einmal: die Europäer sollen durch Raifu's Schauspiel erschreckt werden. Sie sollen merken, wohin die freie Liebe führt – in den gemeinsten Mord und Totschlag hinein.

Plusa: Aber Kinder, Ihr dürft doch nicht verlangen, dass jeder Europäer so schlau ist wie Ihr! So was dürft Ihr doch nicht machen.

Olli: Europäer, Ihr braucht nicht das, was wir sagen, so einfach wörtlich hinzunehmen. Denkt über unsre Worte zu Hause gründlich nach – notirt Euch auch was! Ihr könnt immer nicht wissen, ob Ihr unsre Worte nicht gelegentlich gebrauchen könntet. Die Ereignisse werden Euch sicherlich mal zu energischem Handeln zwingen – und dabei ist ein weises Wort oft wichtiger als Pulver und Blei. Zum blossen Spass reden wir nicht, aber auch nicht, um blos ehrpusselig zu thun. Immer nachdenken!

Knaff: Hast Du Dich nun endlich ausgequasselt? Allah sei Dank! Europäer, ich sag' Euch blos das Eine: Die Monogamie ist einfach eine Schamlosigkeit.

Frimm: Jawohl, Europäer, Ihr solltet dem grossen Propheten von Mekka mit mehr Ehrfurcht entgegenkommen, denn er hat den Werth des Harems in der nachdrücklichsten Weise aller Welt verkündet. Ehre seinem heiligen Namen! Im Harem werden ja eigentlich alle Weiber zu gefügigen Huris, den ewigen Idealgestalten des göttlichsten aller Propheten.

Plusa: Stimmt Alles! Im Harem wird das anreizende Feuer der Eifersucht allein von den Weibern unter einander geschürt. Die Eifersucht braucht nicht mehr wie bei Euch in Europa von den Männern unter einander erweckt zu werden. Die ganze Liebesmüh und auch das ganze Liebesglück fällt im Harem allein den Frauen zu, die doch für diese beiden Angelegenheiten das grösste Verständnis besitzen.

Pix: Ich fürchte, die Europäer werden Dir das kleinste Verständnis entgegenbringen.

Olli: Wir sehen namentlich in der gebildeten Frau, die ekelhafte Männer ›interessant‹ zu nennen belieben, eine öffentliche Gefahr, die nicht unterschätzt werden soll. Aber unsre Rede ist nicht blos eine Rede für die ›ungebildete‹ Frau.

Frimm: Ihr müsst Euer sexuales Leben eben ›vornehmer‹ gestalten.

Knaff: Es ist bald nicht mehr vornehm genug, vornehm zu sein. Wort ist nur Wort.

Plusa: Knaff ist nur Knaff! Aber Raifu will sich mit Euch zusammen wahrscheinlich einen europäischen Tugendpreis holen.

Ein Donnerschlag erdröhnt oben im Himmel.

Und Raifu's Stimme brüllt:

»Ruhe!«

Die achtzehnte Nummer beginnt:

Die Raserei

Die grelle Helligkeit verfliegt, und die Europäer sehen den wilden Harun auf der schmucklosen Terrasse seines Landhauses in der Nähe von Anbar.

Im Hintergrunde breitet sich der grosse Rosenpark aus, der von der Landstrasse durch eine lange Reihe hoher Pappeln getrennt ist, die aber in der Ferne nur mässig gross erscheinen.

Es wird Abend. Es leuchtet der Himmel über den Pappeln in gelben und rothen Streifen wie einst in Bagdad überm Sonnenschloss.

Der Chalif hört unruhig umherwandelnd den Vortrag seines ersten Hausmeisters an; Djafar, Fahdl, Jahjah und viele andere Barmekiden sind zu einem grossen Feuerwerk mit Fackeltänzen eingeladen und harren bereits in den Vorzimmern. Der Chalif will die Barmekiden mit Ehrenkleidern beschenken und wählt die kostbarsten Gewänder aus, bevorzugt die mit Perlen besetzten.

Und dann lässt er die Barmekiden auf die Terrasse kommen und beschenkt Alle mit den Ehrenkleidern, die zumeist aus hellgrüner und hellblauer Seide bestehen, reich mit Wappen und Schriftzeichen bestickt und mit vielen Perlen – besonders am Halse und an den Handgelenken – geschmückt sind; die Perlen sind schwarz oder weiss.

Die Barmekiden ziehen ihre Ehrenkleider gleich an, trinken in bester Laune den köstlichsten Wein und essen die süssesten Früchte, lachen und freuen sich; Harun ist sehr gut zu Allen – so milde. Er streichelt dem Djafar öfters den braunen Nacken. Djafar sieht in seinem hellgrünen Seidengewande, das mit schwarzen Perlschnüren verbrämt wurde, so frisch und festlich aus – wie sonst. Die Gerüchte, die die Gemüther in den Vorzimmern beunruhigten, sind wie weggeblasen.

Die Rosen im Park duften berauschend, und der Wein thut auch das Seine. Alles ist fröhlich und guter Dinge, als wenn Hochzeit wär'. Wie's dunkel wird, tanzen braune Mädchen mit Fackeln zwischen den Rosenbüschen herum. Und die Flötenspieler flöten, die Trommeln rasseln, die Pauken machen »Puff! Puff!« Und vor den Pappeln brennt Onabbas Bruder mit seinen indischen Zaubrern das grosse Feuerwerk ab. Die Raketen rauschen nur so in den dunklen Nachthimmel hinein. Die rothen Feuer machen Alles roth. Ein ächtes Chalifenfest!

Wie das Feuerwerk verrauscht und die Musik verstummt, schickt Harun seine Gäste in die weiter ab gelegenen Speisesäle und bleibt allein auf der Terrasse. Im Rosenpark knistern in eisernen Schalen die grossen Freudenflammen. Über den Pappeln brennt düster ein dunstiger Mond.

Harun – ganz in schneeweisser Seide – steht da und spricht leise zu sich selbst:

»Ich will sie Alle quälen, so wie sie mich gequält haben – in immer wieder andrer Art. Ihr Schufte, Ihr sollt es Alle büssen. Kein Barmekide und Keiner von ihren Freunden bleibt am Leben. Die Leute, die ich verderben will, thun mir leid! Ich mach' ihnen das Sterben nicht leicht. Wie aber soll ich mich an Djafar rächen?«

Erst nach einer langen Pause fährt er fort:

»Ich will ihn begnadigen. Ich werde hochherzig sein. Ich möchte nicht, dass er leben bleibt. Ich bin zu ihm stets so gutmüthig und freundlich gewesen. Ich werde ihn sofort enthaupten lassen – sonst komm' ich noch auf andre Gedanken. Die Nacht ist kurz. Masrar! Masrar!«

Der grosse Henker naht den krummen Säbel in der Faust mit hoch erhobenem Haupt – roth gekleidet wie stets.

»Masrar,« sagt der Chalif, »lass hier an dieser Stelle, wo ich stehe, dem Djafar das Haupt abschlagen. Die andern Barmekiden können zusehen. Wen willst Du für die Arbeit auswählen?«

»Jasir ist da,« sagt der Rothe.

»Gut,« versetzt Harun, »zerstückelt den Rumpf und sendet ihn nach Bagdad – den Kopf steckt unversehrt in eine besondere Kiste. Melde mir's, wenn's so weit ist. Ich bin hinten in der Laube am Brunnen.«

Der Chalif geht langsam in den Garten hinunter und verschwindet.

Masrar pfeift leise, und aus allen Ecken des Gartens schleichen rothe Henkersknechte zur Terrasse; alle sind bis an die Zähne bewaffnet – mit Dolchen, Säbeln und Lanzen – auch Bogenschützen sind da.

Masrar flüstert seine Befehle, und die unheimlichen Gesellen verschwinden wieder. Dafür erscheinen bald die Barmekiden auf der Terrasse – weinselig und lärmend. Sie zucken erschreckt zusammen, wie sie den rothen Henker erblicken.

»Also ist es doch so weit!« schreit Djafar.

Die hellgrünen und hellblauen Ehrenkleider mit den gleissenden Perlen leuchten durch die Mondnacht. Die Flammen im Garten schlagen höher empor.

Masrar pfeift wieder, und blitzschnell springen die rothen Knechte auch auf die Terrasse. Einige der Barmekiden sinken ohnmächtig nieder.

Und Jasir, der Schlanke, fordert den Djafar auf, niederzuknieen.

»Was?« kreischt der Barmekide, »er will mich nicht mal anhören? Dieser heimtückische Hund will mich meuchlings morden lassen?«

Er reisst sein Kleid entzwei und geht auf seinen Vater zu, den die Andern stützen müssen.

»He, Vater!« ruft er lachend »werd nicht schwach! Mal müssen wir Alle sterben! Wir müssen dem Tod ins Antlitz lachen! Es geht ja bald vorüber! Und gelebt haben wir doch genug! Sorglos, frech und toll wie immer! Jetzt erst recht! Selig ist nur der Leichtsinn! Brüder, lebt wohl! Ich war ein schlecht erzogenes Kind! Ich wollte immer machen, was ich wollte! Und das darf man nicht. Jetzt krieg' ich die Prügel. Fahdl, diesen Kuss gieb meinem kleinen Jussuf!«

»Der ist tot!« sagt Masrar.

»Auch das noch?« schreit der Barmekide, »bin ich denn wirklich ein so grosser Sünder? Hei! Vater, Freunde! Dort drüben aufm Monde sehen wir uns wieder! Meinen Leichtsinn nehm' ich dahin mit. Seht nicht so entsetzt aus! Masrar, gieb dem Harun diese Perlen und küss ihm die Hand!«

Er giebt ihm die Perlen, geht auf Fahdl zu und sagt:

»Grüss die Abbasah und meinen Harem, grüss auch die Onabba, die mich verrieth: Ich ver-lache den Tod! Aufm Monde leben wir noch toller!«

Er bricht in ein herzliches Gelächter aus. Dabei reissen ihm auf Jasirs Wink zwei Knechte die Füsse fort, dass er fürchterlich mit dem Gesicht auf den Boden schlägt.

Und im selben Augenblick saust der Säbel des schlanken Jasir durch die Luft und trennt dem herrlichsten Barmekidenspross den lachenden Kopf vom Rumpfe ab. Mit vier weiteren schnellen Hieben sind die Beine und Arme vom Rumpfe getrennt. Das Blut spritzt hoch auf. Die Barmekiden kreischen und wenden sich schwankend ab. Der zerstückelte Körper wird schnell fortgetragen. Masrar ist schon beim Harun.

Doch wie er wiederkommt, sieht seine Miene noch finstrer aus als sonst. Die meisten Bar-mekiden liegen ohnmächtig neben dem alten Jahjah, dessen Kopf in Fahdls Armen ruht.

»Jasir!« brüllt Masrar wüthend, »knie nieder!«

Jasir stösst einen grässlichen Wuthschrei aus und schwingt seinen blutigen Säbel überm Kopf. Doch der Säbel sinkt gleich zusammen mit der Faust, die ihn hielt, zur Erde; Masrar trifft gut.

Ein zweiter Hieb des grossen Henkers spaltet dem Jasir den Schädel.

Da plötzlich – weichen hinten die Barmekiden und Henkersknechte zu beiden Seiten entsetzt aus – der Chalif Harun al Raschyd erscheint – ganz in weisser Seide – wie ein weisses Gespenst.

Er starrt unverwandt gradaus, und Alle zittern – selbst Masrar zittert; er wischt verlegen sei-nen Säbel ab.

Ein grässlicher Knall – und Alles ist finster.

Und durch die Finsternis jagen nun wilde Gespenster durch die Luft vorbei – lautlos.

Es kommen so viele Gespenster, weisse und schwarze – blutige und kopflose – männliche und weibliche Gespenster, dass die Europäer glauben, ein ganzes Geisterheer sause vorüber.

Die Löwen haben wieder ihre Wasserpfeife bekommen – aber sie ergreifen dieses Mal die Schläuche erst nach und nach; das Spiel hat auch die Löwen angegriffen.

Wie die edlen Thiere ihre Pfeife ordentlich im Zuge haben, dass es knattert im Wasser, fan-gen sie wieder an zu reden – doch ihre Stimme klingt weich, als hätten gefühllose Geister ihre ersten menschlichen Thränen geweint.

Pix sagt: »Wenn *wir* roh zu einander sind, so ist das ganz was Andres. Wir fühlen nicht so, wie Menschen fühlen. Wir sind ja Geister. Aber Menschen dürfen nicht roh zu einander sein – das ist abscheulich.«

Frimm sagt: »Ein anständiger Mensch wird den masslosen Gemeinheiten des Lebens stets aus dem Wege zu gehen trachten. Er wird daher ein Feind *der* Freiheit sein, die nur zu masslosen Rohheiten und Gemeinheiten führt.«

Olli sagt: »Der Anblick der masslosen Wuth ist stets ein ekelhafter Anblick. Die Rohheit zeugt nur von absoluter Kulturlosigkeit. Reine Geister wie wir schlagen sich anders. Wir leiden nicht so sehr darunter, denn wir sind aus andrem Holze geschnitten. Wenn Alles so erträglich wäre wie *unsre* Rohheit, so wäre Alles ganz gut. Die Menschen leiden leider anders als die blauen Löwen, und es ist so unanständig, arme Menschen wirklich leiden zu lassen – mögen sie auch gethan haben, was sie wollen.«

Knaff sagt: »Was hilft da unser Reden? Die Hälfte der Europäer liegt ebenfalls schon in Ohnmacht.«

Der schlechte Plusa sagt aber: »Es muss bemerkt werden, dass wir Löwen hauptsächlich dazu da sind, zum grausigen Stoff ein lustiges Gegenstück zu bilden. Doch jetzt, wo's grade drauf ankommt, versagt Eure gute Laune den Dienst. Ich allein kann Euch nicht rausreissen – der Tabak schmeckt mir zu schön.«

Die Geisterjagd verliert sich in den Hintergrund der Bühne.

Zarte orientalische Knaben theilen zwischen den langen Reihen der Europäer Riechfläschchen aus.

Die neunzehnte Nummer beginnt:

Das wilde Thier

Die Finsternis theilt sich, und zwischen den bunten Tulpenbeeten der Chalifenburg wandelt Zobaïda, Haruns schwere Gemahlin, an den Armen ihrer beiden Leib-Eunuchen. Der Henker Masrar schreitet ihr voran.

Die Beiden sprechen über die schrecklichen Ereignisse der letzten Zeit mit grosser Trauer in den Mienen. Die Zobaïda weint in Einem fort.

Masrar spricht freundlich im tiefsten Bass:

»Ich habe die Abbasah nie leiden mögen. Es ist das alte Lied von den gebildeten Frauen, die immer mal raus wollen und nicht einmal mit dem reichsten Fürsten der Welt zufrieden sind.«

»Und nun hat er noch,« ruft die Zobaïda, »alle andern Barmekiden einsperren lassen?«

»Nicht alle,« antwortet höflich der Henker, »vorläufig blos sechzig Stück. Sie stehen im Verdachte des Hochverraths und sollen auch die gottlosen Zindyks unterstützt haben. Das freigeistige Auftreten der Barmekiden ist mir oft genug unangenehm aufgefallen.«

»Und kann,« fängt die hohe Frau wieder an, »mein hoher Gemahl garnicht dazu gebracht werden, zu verzeihen und zu vergessen?«

»Anfangs,« versetzt der Henker, »verzieh und vergass er Alles – jetzt Nichts.«

Bei den blauen Tulpen, die gleich hinter den rothen wachsen, bleibt Masrar sinnend stehen; Zobaïda verpustet sich.

Ein ganz feiner glitzernder grauseidener Vorhang fällt in tausend zoddeligen Falten herab und verdeckt Alles, reisst aber bald wieder in der Mitte entzwei und fliegt nach beiden Seiten fort.

Und die Europäer sehen noch einmal die breite Brücke mit dem hohen Thor, hinten über der Brücke die grünen schrägen Festungswälle – rechts die Landstrasse, die in den tiefsten Hintergrund führt.

Und auf dem hohen Thor steckt auf hohem Speer Djafars toter Kopf. Auf den schlanken Mastbäumen der Brückengeländer stecken Djafars Arme und Beine und Stücke vom Rumpf. Die Mastbäume sind blutig, die braune Haut des Fleisches sieht zusammengeschrumpft aus. Frauen und Kinder gehen eilig über die Brücke ins Thor hinein und schütteln sich vor Entsetzen. Die Landstrasse ist ganz still. Und die Sonne des Orients lacht über der grausigen Welt.

Und ein zweites zerzaustes feines faltenreiches Schleiergewebe fällt herab und verhüllt Alles.

Wie der Schleier wieder zerreisst und wegweht, erscheint im Lichte des Vollmondes der alte viereckige Thurm, in dem einst Djafar und Abbasah ihre freie Brautnacht feierten.

Jetzt sitzen die sechzig Barmekiden drinn und – verhungern.

Die Hungernden fluchen und winseln, brüllen und wimmern, brechen in wahnsinniges Gelächter aus und verfallen in lärmende Tobsucht. Es ist entsetzlich anzuhören. Der viereckige Thurm ist zum Tollhause geworden.

Und Harun, dieser Unmensch, lässt seine Todfeinde nicht auf ein Mal verhungern, sondern ganz langsam – immer wieder schickt er ihnen ein Stückchen Brot und ein Stückchen allerbeste Lammbrust. Es giebt aber immer nur so wenig, dass blos der Hunger noch erhöht wird. Und es giebt immer nur das Beste, damit die armen Barmekiden nur ja von keiner Krankheit befallen werden, die schneller tötet als *dieses* Hungern.

»Du Scheusal! Du gemeine Kröte! Du Pestbeule der Menschheit! Du Vieh!«

So und noch viel schlimmer schimpfen die verhungernden Barmekiden auf den allmächtigen Chalifen, der allnächtlich vor dem Thurm Stunden lang auf und ab geht und mit grausiger Wollust hört, wie die wahnsinnig gewordenen Barmekiden den grossen Harun verfluchen. Es ist schauderhaft! Harun geht wieder auf und ab!

Eine schneeweisse Riesenfaust legt sich vor diesen Abgrund bestialischer Grausamkeit; das Angstgeschrei ist erstickt.

Wie die Faust fortgezogen wird, sehen die Europäer den Masrar bei der Holagga.

Der Henker, der jetzt die Chalifenburg ganz und gar unter sich hat, den selbst die allmählich immer mehr aufkommenden Freunde der Zobaïda und Holagga umschmeicheln, redet wie ein ächter Staatsmann, bekämpft in erster Linie den Anhang der Prinzen Emin und Mamun.

Und dann verlangt der rothe Mann, Holagga solle mit ihren Sängerinnen ein paar wehmüthige Lieder singen, um den Chalifen weicher zu stimmen. Die Holagga erklärt sich bereit, wenn Masrar so freundlich sein wolle, mit ihr eine Parthie Schach zu spielen. Und sie gehen in die stille Fischerhütte, die oben auf dem Veilchenhügel steht; die Holagga ist ein wildes Weibsbild, das vortrefflich Schach spielen kann.

Weisse Rosen sickern in so grossen Massen nieder, und der Veilchenhügel mit der Fischerhütte ist den Blicken der Europäer entzogen.

Wie die weissen Rosen alle unten sind, steht wieder der viereckige Thurm mit dem Vollmonde an der Seite auf der Bühne; das Geschrei der Hungernden wird von den milden Klageliedern, die Holaggas Sängerinnen anstimmen, ein wenig übertönt und allmählich ganz stumm gemacht.

Harun sitzt vorn auf seinem Diwan und ist anfangs ganz ruhig. Als aber die Barmekiden nicht mehr heulen und fluchen – nicht mehr kreischen und wimmern – da ruft der Tyrann:

»Masrar! Masrar! Scheuch mit Deinen Gesellen die Weiber fort. Deine Knechte können mit den Weibern machen, was sie wollen. Und dann bring schnell die Abbasah und eine Karre mit Kuhdünger hierher.«

Alles geschieht. Die Weiber kreischen und quieken plötzlich noch toller als die armen Barmekiden, und die Abbasah wird vorgeführt.

Das Weibergekreisch im Hintergrunde hört plötzlich auf.

Harun speit der Abbasah ins Antlitz und befiehlt, sie mit Kuhdünger zu begiessen.

»Die Abbasah bleibt leben,« schreit er lachend.

Das Bild reisst plötzlich knirschend entzwei.

Und eine grosse Felsenschlucht mit Terrassen auf beiden Seiten thut sich auf.

Riesen stehen auf den Terrassen und reissen breite hohe Säulen aus den Felsen heraus und wollen die Säulen über die Schlucht hinüber nach den anderen Terrassen werfen, auf denen andre Riesen dasselbe wollen.

Sobald sie aber eine Säule wüthend emporgehoben haben und nun schmissen wollen, bricht sie lautlos entzwei und stürzt lautlos ins Thal. Das Spiel wiederholt sich immerfort. Die Riesen werden immer wüthender.

Immer schneller reissen die Wüthenden die Säulen aus dem Felsboden heraus, und ebenso schnell zerfallen die Säulen, die schneeweiss sind und herrlich anzuschauen; die Felsen sind schwarz wie Kohle und die Riesen nackt und braun.

Die Säulen brechen und fallen, die Riesen zittern vor Wuth und schwitzen mächtig.

Aber lautlos bleibt das bewegte Bild.

»Ein Stück aus Dollhaus!« ruft Pix aus.

»Ein starkes Stück!« bemerkt der Frimm.

»So stark, dass es nur für Männer ist,« flüstert Plusa.

Olli sagt bedächtig: »Ja! Ja! Nichts kann Einem schliesslich so unheimlich werden wie eine heimliche Ehe!«

»Oh!« brüllt Knaff, »ihr armen Europäer, was müsst Ihr unter Euren Verhältnissen leiden! Raifu führt uns nur das Resultat einer europäisch ›angehauchten‹ Liebesgeschichte vor! Wie muss es in Europa zugehen, wenn so was schon bei uns passiren kann!«

Pix spricht ärgerlich: »Ich weiss nur nicht, wie lange wir dieser verrückten Abmurxerei noch zusehen sollen. Ich werde froh sein, wenn die Geschichte zu Ende ist.«

»Es ist nöthig,« sagt der Frimm, »dass der Mann Herr über Leben und Tod seiner Frau ist – doch so grausam wie Harun darf er nicht sein – das geht nicht.«

Olli meint: »Haruns Bosheit ist eigentlich aus seinem überzarten taktvollen Empfinden, das nie gewürdigt wurde, entstanden. Das hat ein stetes Sichbeleidigtfühlen zur Folge gehabt und schliesslich rasend gemacht. Das Ueberzarte passt nicht in die Welt.«

Knaff schreit: »Wir aber wollen weder überzart noch rasend werden. Ich halte die unverblümte Darstellung solcher Harunsgreuel für puren Uebermuth.«

Der älteste Zaubrer steht jetzt plötzlich zwischen den Löwen, er erhebt seinen Stab und redet so:

»Löwen, seid Ihr dieselben Löwen, die einem harmlosen Gelehrten ruhig den Kopf aufknacken konnten? Ja? Nun – gut! Was entrüstet Ihr Euch da über ein paar verhungernde Barmekiden, die doch jedenfalls in Gesellschaft verhungern und nicht wie europäische Genies allein – was?«

Sagt es und steigt in den Himmel empor wie ein mit warmer Luft gefüllter Papiermann.

Die Löwen sehen sich an und lachen, beschliessen dabei, wieder lustig zu sein. Und sie sind
es.

Alle stellen sich auf die Hinterbeine, und Frimm springt dem Pix auf die Schultern – und Olli
dem Frimm – und Knaff dem Olli – und Plusa dem Knaff – – – die Letzteren stehen so hoch im
Himmel mang den Sternen, dass die Europäer kaum Plusas Kopf noch unterscheiden können.

Olli – in der Mitte der Löwensäule – setzt scharfsinnig und breitspurig auseinander, dass die
blauen Löwen durch die Masslosigkeit ihrer wilden Scherze ihr Ansehen einbüssen; »die Europäer sind,« stösst er pustend vor Anstrengung hervor, »im Allgemeinen sehr ernste Persön-
lichkeiten, denen Nichts so peinlich ist als ein kindisches und albernes Benehmen erwachsener
Leute. Es wäre gut, den Ton allmählich abzudämpfen.«

»Sicher, Süsser!« antwortet Plusa, »der gedämpfte Unsinn ist der kräftigste, aber er moussirt
nicht so hübsch. Das merkt man ja schon bei der zurückhaltenden komprimirten kondensirten
Art der Raifu-Witze.«

Raifu schmeisst die Löwensäule um.

Auf der Bühne wird's im selben Augenblick Nacht.

Die zwanzigste Nummer beginnt:

Blut! Blut!

Haruns grosser Speisesaal!

Rechts, links und hinten breite weite Säulenhallen, die denen der grössten Moscheen in Nichts nachgehen.

Die in Blau, Roth und Gold bemalten Holzsäulen sind mit frischem Lorbeer geschmückt. Hellgrüne kugelrunde Papierampeln – immer drei Stück zusammen – erleuchten wie glühende Weintrauben Haruns grossen Speisesaal, dessen mittleres Viereck – eigentlich ein Hofraum – von einem riesigen gelben Teppich überspannt ist, der mit den Bildern schwarzer Raubthiere und mit kleinen silbernen Sternen übersäet ist – aber nicht überreich; das Gelb wiegt vor.

Dunkle Teppiche aus Afrika bedecken den ganzen Boden. Zwischen den Säulen dampfen die Räuchergefässe. Stille Knaben wandeln umher und sprengen wohlriechendes Wasser aus Siraf. Dabei erzählen sie im Flüstertone von ihrem Freunde, dem armen Hassan, der plötzlich enthauptet wurde; aber Keiner weiss – weswegen. Ein junger Armenier mit weisser Haut und pechschwarzen Locken will die Andern veranlassen, mit ihm zu fliehen. Er sagt dabei: »Lieber irgendwo im Walde von wilden Thieren gefressen werden oder verhungern – als hier beim besten Essen und Trinken in steter Todesangst leben.«

Doch des Armeniers Rede findet keinen Anklang. »Mit dem ist's nicht richtig,« meint ein dicker Knirps, »fliehen will er? Wozu denn? Wir leben hier ganz gut. Und wer sterben soll, stirbt doch. Das ist nun einmal nicht anders.«

Die meisten Knaben nicken dazu, und dann schleichen sie Alle betrübt hinaus. »Hier werden heute,« flüstert seufzend der kleine Armenier, »sicherlich wieder ein paar Menschen abgeköpft; Masrars Knechte bedienen.«

Und die Henkersknechte erscheinen in goldstrotzenden Röcken – mit rothem Turban und glühenden Augen. Ein gefährliches Volk!

Die rohen Gesellen sprechen in andrer Weise von den letzten Hinrichtungen, ihnen macht ihr Handwerk Spass; so was wie ›Mitleid‹ kennen sie garnicht. Eine wüste Bande, die auch mit glühendem Eisen ganz kaltblütig foltern kann!

Und auch die Gäste erscheinen und nehmen hinten unter dem gelben Dach im Halbkreise auf den dunklen Teppichen Platz. Die Gäste sprechen ebenfalls von der schlimmen Zeit; Harun will ja stets das Gewinsel seiner Feinde hören. »Wem's nicht passt, möge den Höfen der Fürsten fernbleiben,« bemerkt sehr kühl ein sehr weiser Perser, »ein Staatsmann muss stets auf das Schlimmste gefasst sein und darf die Fassung nie verlieren, sonst verliert er seinen Kopf.«

Harun erscheint zuletzt und begrüsst freundlich lächelnd ein Dutzend Barmekiden – das letzte Dutzend! Der Chalif setzt sich hinten in die Mitte auf einen erhöhten Sitz.

Unheimlich wird Allen, wie sie bemerken, dass die Henkersknechte die Speisen herbeitragen; manches Ehrenkleid wird mit Bratentunke begossen, doch kein Gast Haruns verzieht eine Miene solcher Kleinigkeiten wegen.

Festliche Musik ertönt hinter den Säulenhallen – aber nicht laut – nur wie aus weiter Ferne.

»Der Gram,« spricht mit dem Becher in der Hand der weise Perser, »sieht immer so dumm aus. Und es wirkt so recht albern, wenn man sich nicht zu trösten weiss.«

Ein glühender Blick des Chalifen erschreckt den kühnen Redner so, dass der den Becher in seinen Bratenteller fallen lässt.

Indische Tänzerinnen in feinen dünnen Schleiern, die immer in der Luft herumschweben, tanzen jetzt mitten im Halbkreise, den die Gäste bilden. Dumpf dröhnen die kleinen Handpauken, und Fackeln flammen in den Säulenhallen.

Plötzlich ist Alles still.

Und hinter Harun verliest der Hausmeister ein Schreiben, in dem zwei Barmekiden, die sich unter den Gästen befinden, des Hochverrathes angeklagt werden; sie sollen in Aegypten eine Verschwörung angezettelt haben.

Die beiden Barmekiden werden zum Tode verurtheilt und sofort vor Aller Augen enthauptet – auf rothen Lederkissen – dort, wo eben noch getanzt wurde.

Das Blut der Getöteten wird in kupfernen Wannen aufgefangen und mit den besten Weinen vermischt. Den Blutwein sollen Alle trinken.

Bis dahin hat kein Laut das geschäftige Treiben der Henkersknechte unterbrochen, nicht einmal die Tänzerinnen haben aufgeschrien. Die leise Musik in der Ferne tönt immer noch.

Die zehn übrig gebliebenen Barmekiden weisen den Blutwein zurück – ein Murren entsteht.

Die Henker lächeln wie wilde Bestien, und ein paar Augenblicke später sind weitere zehn Köpfe von ihren Rümpfen getrennt.

»Was kommt nun?« brüllt da der weise Perser, und er schmeisst seinen Becher mit Blutwein dem Chalifen ins Gesicht.

Jetzt schreit Alles entsetzt auf – erst jetzt.

Und Harun brüllt: »Masrar! Masrar! Röst dem da die Augen und schmeiss sie vor die Säue!«

Mit rothglühenden Eisen treten zwei Negerknaben in den Saal. Die Musik in der Ferne verstummt.

Der Vorhang fällt.

Der Vorhang ist olivgrün, und lauter lilafarbige Weiber in unglaublichen Stellungen sind klecksig raufgemalt. Unten sitzt eine ganze Reihe älterer Weiber, die sich die Brüste abreissen, wobei schwarzes Blut an ihren alten nackten lilafarbigen Leibern runterrinnt.

Ein recht ekelhaftes Gemälde!

Die Europäer sehen sich's nicht näher an.

Die Löwen kratzen sich mit den Vorderpfoten die Mähnen zurecht – gegenseitig.

Olli brüllt: »Jetzt haben wir genug!«

Er lacht hässlich und knallt mit dem Schwanz.

Pix brüllt: »Donnerwetter! Es fällt uns garnicht ein, diesen Fleischermeistern in ihrem Schlachthofgeschäft noch fürderhin ruhig zuzuschauen. Was zu viel ist, ist zu viel! Es ist eine Gemeinheit!«

Er spuckt aus und schüttelt sich.

Plusa meint schalkhaft, es wäre doch sehr lächerlich, mit den Barmekiden Mitleid zu haben – Raifu hätte doch auch keines mit den Europäern.

Knaff brüllt furchtbar laut, dass die Sterne wackeln: »Die europäische Gesellschaft mit ihrer unnatürlichen Sau-Monogamie ist Nichts als eine hundsgemeine Zuhälterblase mit frechem Dirnenpack.«

»Jedenfalls,« donnert nun der vornehme Frimm los, »müssen wir es für die Zukunft ablehnen, noch einmal den Vorhang entzweizureissen. Was geht uns das verrückte Schauspiel an, wir haben Nichts damit zu schaffen. Wir sind anständig.«

Raifu's Kopf erscheint über dem Vorhang und er sagt ernst: »Löwen, seid vernünftig! Seid nicht widerspenstig!«

»Wir reissen Deinen Vorhang nicht mehr entzwei. Mach die Bude zu und geh friedlich nach Haus. Es ist so wie so bald Morgen.«

Also antworten im Chore die herrlichen blauen Löwen, die jetzt mit der Zurechtkratzung ihrer Mähnen fertig sind.

Nun – Raifu schickt einfach seine zwölf Zaubrer runter, und die verprügeln die Löwen in einer barbarischen Art; da die Zaubrer in der Luft mit Bequemlichkeit auf- und niedersteigen können, ist es den Löwen unmöglich, sich gegen die wohlgezielten Hiebe zu schützen.

Die Schläge pauken durch die Wüste, als wenn alte Riesenteppiche ausgeklopft würden.

»Ihr sollt Farbe bekennen,« schreien die schwarzen Männer in der Luft.

Dabei werden die Löwen dunkelblau.

»Ihr sollt nicht blos Eure Hautfarbe, sondern auch Eure Charakterfarbe verändern – die Posirerei lassen.«

So tönt die zweite Bemerkung der Schwarzen.

Dabei werden die Löwen krumm und lahm geschlagen. Die Pose stirbt.

Das ist ein rührender Anblick für die Europäer, die ob dieses Wüstenschauspiels wieder gut gelaunt werden.

Die Dunkelblauen sind bald nicht mehr im Stande, den Vorhang zu zerreissen; sie können kaum krauchen.

Das Wehgeheul kann den stärksten Mann rühren.

Raifu lacht schauerlich.

Und zum Troste sendet er seinen lieben Bestien fünf Fässer mit französischem Cognac.

Der bringt die armen Thiere wieder auf die Beine.

Ganz hergestellt sind sie aber, als ihnen die Zaubrer fünf riesige nagelneue Drehorgeln überreichen.

Da müssen die Löwen sogar lachen.

»Die passen in die Mordsgeschichte,« quarrt mit rostiger Stimme der liebe Plusa.

Die Löwen trinken und drehen die Orgeln.

Die Europäer halten sich die Ohren zu bei dieser Jahrmarktsmusik.

Und nach dem Concerte wird der Vorhang wieder entzwei gerissen – dieses Mal langsam, denn die Löwen hinken sämmtlich.

Die Europäer bedauern schon die schönen Thiere, deren Haut noch immer viele grosse dunkelblaue Flecke und Striemen zeigt.

Die einundzwanzigste Nummer beginnt:

Rache! Rache!

Noch einmal erstrahlt Bagdads Chalifenburg in all ihrem Glanz; die Europäer können lachen: sie erschauen Haruns herrlichen Thronsaal, in dem die wichtigsten Staatsgeschäfte erledigt und die grossen Gesandtschaften empfangen werden...

Hier leuchtet der Reichthum des gewaltigen arabischen Weltreichs noch einmal mit all seinem Farbenzauber voll blendender Kraft ins weite Land der Erde hinein.

Eine plumpe Pracht! Freilich! Aber sie erfüllt doch mit ehrfürchtigem Staunen, wenn man nicht vergisst, dass die rohen ungebildeten Söhne der Wüste diese Pracht erzeugten.

Allerdings war's ein ›Räubervolk‹, das sich ein Sinnbild seiner Macht in Haruns herrlichem Thronsaal schuf; doch gab's jemals in der Welt eine Macht, die *nicht* durch Raub entstand? Wahrlich nicht!

Mehr hinten in der Mitte des Saales erhebt sich eine breite Wandstirn, die von oben bis unten mit lauter blitzenden Diamanten bedeckt ist. Zehn rothe Säulen stehen vor der Wand; unzählige Rubine machen die Säulen roth. Rechts und links von der Diamantenstirn führen blaue Säulenreihen ganz tief in den immer dunkler werdenden Hintergrund; unzählige Saphire machen diese Säulenreihen blau. Der Fussboden ist überall aus purem Golde.

Der Vordergrund ist hell, denn da überspannt den Saal keine silberne Decke wie über den Saphirsäulen – vorn hängt oben nur ein schwerer grosser weissseidener Teppich, dessen Muster mit schwarzen Perlenschnüren angesteckt sind.

An der linken Seite ganz vorn vor einer Wand aus weissen Perlen, die ganz nach hinten geht, steht der grosse Thron mit seinen unzähligen grasgrünen Smaragden. Auf einem viereckigen Smaragdkasten, an dessen vier Ecken dünne Smaragdsäulen nach oben gehen, liegen weiche orangefarbige Kissen, auf denen regungslos mit untergeschlagenen Beinen der Chalif sitzt. Der Thronhimmel, den die vier Säulen tragen, bildet eine smaragdene Riesenkrone, deren Inneres mit rosafarbiger Seide ausgeschlagen ist.

Die Europäer sehen von Harun, der sich in hellblaue Seide gekleidet hat, nur die rechte Körperhälfte. Seine Haltung ist gebückt. Seine Barthaare sind ergraut. Sein Blick ist unstät und scheu. Aber seine dunkelblauen Saphire funkeln auf der hellblauen Seide heftiger denn je.

Der rothe Masrar naht wieder dem Throne; er sollte in Erfahrung bringen, wo noch Barmekiden leben. Masrar hat leider Nichts erfahren.

»Ich habe,« sagt er, »fünfzig ihrer früheren Freunde sehr sehr grausam foltern lassen – Alles war vergeblich. Es lebt kein Barmekide mehr.«

»So sollen,« brüllt der Chalif, »ihre Freunde bluten – alle ihre Freunde. Rache will ich, Du Hund! Das Biest regt sich wieder in mir.«

»Das schlief nie!« versetzt der Henker lachend, »doch nur in Rakkah wird es sich austoben können. Harun muss noch heute Bagdad verlassen und nach Rakkah übersiedeln.«

»Warum?« fragt knirschend der Chalif.

»Weil das Volk,« erwidert der Henker, »der vielen Hinrichtungen wegen aufrührerisch geworden ist. Es hasst den Masrar und wird gefährlich. Wilde Horden unter der Führung gewandter Hauptleute können jeden Augenblick in die Chalifenburg eindringen. Die Gesandten des Chalifen von Peking werden schon ängstlich und wollen heute noch nach Hause fahren. Sie werden schon gemeldet.«

Zwei Hausmeister melden die Chinesen an.

Harun murmelt bebend: »Man soll das Volk nur gefesselt in Freiheit lassen – man muss es behandeln wie ein Weib.«

Und die Chinesen kommen und werfen sich dem Chalifen zu Füssen, legen noch viele Kostbarkeiten auf den Fussboden und bitten um die Erlaubnis, abreisen zu dürfen. Sie wird ihnen gnädigst gewährt. Und die Gesandten machen fünfzig tiefe Verbeugungen vor dem Herrscher des westlichen Orients und verschwinden rechts rückwärts gehend.

Nach diesem sehr formvollen Auftritt kommen von hinten zwischen den Saphirsäulen die Hofleute heran. Sie erklären dem Chalifen, dass er unter allen Umständen, wenn weiter gegen die Anhänger der Barmekiden vorgegangen werden solle, Bagdad verlassen und nach Rakkah übersiedeln müsse.

Harun erklärt sich bereit, will aber noch einmal Blut in seinem Thronsaale sehen – einer der Hofleute habe ihn mit gerunzelter Stirn angestarrt – und er fühle sich beleidigt.

Der, dem's galt, ist ein kühner Greis – er spricht lächelnd: »Wann, Harun, fühltest Du Dich *nicht* beleidigt? Und von wem fühltest Du Dich *nicht* beleidigt? Wir sind hier an einem Schlachthofe. Aber Du hast vergessen, dass der Tod nicht blos eine Strafe, sondern viel mehr noch eine Erlösung ist. Wenn Du mich tötest, werde ich von Deinem verhassten Anblick befreit und höre Nichts mehr von Deinem ekelhaften Gebahren. Das ist eine Erlösung – glaub's mir!«

»Masrar! Schneid ihm die Zunge raus!«

Also brüllt der verrückte Chalif, der Greis stösst sich aber den Dolch ins Herz, und sein Blut spritzt auf die Smaragde des Thrones.

Harun erhebt sich und befiehlt, sein Ross zu satteln – er will nach Rakkah reiten.

Langsam geht der Chalif mit seinen Hofleuten zwischen den Saphirsäulen nach hinten.

Stimmengewirr hört man in der Ferne.

Die Leiche des Greises wird fortgetragen.

»Endlich geht's,« sagt Masrar, »nach Rakkah! *Auch* eine Erlösung! Das hat Mühe gekostet, diesen Wütherich zu überreden. Dass gerade die besten Menschen immer die schlimmsten Thaten begehen müssen! Beim Barte des Propheten! Ich kann doch nicht sämmtliche Bewohner Bagdads köpfen.«

Einige Hofleute nähern sich jetzt dem Masrar und zeigen ihm einige Papyrusrollen, die sie ihm vorlesen. Man hat nämlich in den Regierungskreisen der Burg, ohne den Harun weiter zu fragen, beschlossen, den Thronsaal von den Führern des aufständischen Volkes plündern zu lassen. –

Und die Hauptleute kommen jetzt in den Thronsaal, und wie sie all die funkelnde Pracht sehen, funkeln auch ihre Augen – sie versprechen, das Volk zu beruhigen und reissen gierig die Diamanten und Perlen von den Wänden.

Sie sind bald emsig bei der Arbeit.

Die Stimme des Volkes im Hintergrunde verhallt.

Und wie nun die Aufrührer Alles zerstören und an sich raffen, wobei ihnen viele Hofleute helfen, geht der Palast, nachdem er von einem unsichtbaren Messer in der Mitte durchgeschnitten ist, langsam nach beiden Seiten aus einander – und Bagdad – die Stadt des Heils – liegt in all ihrer Schönheit vor den trunkenen Augen Europas.

Es ist Abend, und die Bewohner der Stadt feiern ein Freudenfest, da sie so froh sind, dass der schreckliche Harun endlich die Chalifenburg verlassen hat.

Die Strassen der Stadt sind festlich geschmückt, und überall brennen kleine bunte Papierampeln.

Onabbas Bruder lässt mit seinen indischen Zaubrern auf allen Plätzen und an allen Strassenecken kleine dunkelrothe Luftballons aus Papier in den von unzähligen Sternen übersäeten Nachthimmel emporsteigen.

»Thränen des Volkes« hat der Schlaue die rothen Luftballons, die unten offen sind und eine kleine Schale mit brennendem Harze tragen, genannt.

Onabbas Bruder wird vom Volke auf den Händen getragen, den Zaubrern geht's ebenfalls nicht schlecht.

Die blutigen Thränen des Volkes steigen unaufhörlich in ungeheurer Anzahl in den blauen Sternenhimmel empor.

Die Löwen merken erst nach einer guten Weile, dass wieder Pause ist.

Die Löwen, die sich immer noch recht angegriffen fühlen, obwohl sie ihre alte hellblaue Farbe schon wiederbekommen haben, trinken ihren Cognac und sprechen im leisen Flüstertone zu einander.

»Wir müssen bedenken,« bemerkt der gute Pix, »dass der Tod im Orient nicht so weh thut wie in den weniger bevorzugten Gegenden der Erde. Das Sterben und Geborenwerden ist im gesunden Orient schmerzloser. Die Hitze muss wohl die Empfindungsfähigkeit verringern. Demnach ist eine orientalische Mordsgeschichte immer noch erträglicher als eine europäische. Kinder, wo sind unsre Drehorgeln geblieben?«

Frimm erwidert leise: »Die Drehorgeln hat uns der Wind entführt. Lass sie sein, wo sie wollen! Ich werde schon müde. Wir wissen ja, dass jeder ›grosse‹ Mensch eine wilde Bestie in sich herumträgt. Die ›guten‹ Menschen haben blos gezähmte Bestien in ihrem Leibe. Das ist aber längst bekannt.«

Olli meint: »Das Stück ist ohne Frage ein Kraftstück.«

Raifu's Stimme tönt dumpf wie die einer Glocke in die Wüste nieder und sagt: »Löwen, es vergehen jetzt drei Jahre! Markirt die lange Zeit!«

»Lieblich!« zischelt da der Plusa: »also sollen wir langweilig werden! Das wird mulmig! Olli, verrückte Kröt! Red mal was Längeres!«

Und Olli redet ganz langsam und weich wie ein alter Knabe, der Nichts von Heldenthaten wissen will – still und sanft wie ein duldendes Weib:

»Nur Polizisten und Moralisten sind wahrhaft böse Menschen, da sie sich stets mit schlechten Handlungen befassen und bald *nur* noch solche sehen oder überall vermuthen, was sie dann allmählich veranlasst, in jedem Menschen einen Verbrecher zu erblicken, und im eingebildeten Kampfe gegen dieselben sich für berechtigt – ja für verpflichtet – halten, auch zum Verbrecher zu werden.«

»Solche Moralisten und Polizisten,« tuschelt Plusa dem Frimm ins Ohr, »sind wohl auch die blauen Löwen.«

Doch Olli fährt mit sanfter Stimme fort: »Wenn einem europäischen Ehemanne das Weib entführt wird, so soll er nicht gegen den Verführer wüthen, sondern gegen sich selbst – lass Deiner Frau keine Freiheit, so wird sie auch keinen schlechten Gebrauch von ihrer Freiheit machen.«

»Sehr kluger Rathschlag!« zischelt wieder der Plusa.

Knaff aber brummt ärgerlich:

»Der Harem ist allmählich in Europa zum tiefgefühlten Bedürfnis geworden.«

»Na, wenn das nicht,« höhnt leise der Plusa wieder, »den Europäern bald ganz und gar klar geworden ist, so werden sie's nie begreifen. Die Losung muss aber nicht blos heissen: Fort mit der Frauen *freiheit*! – sondern viel schärfer noch: Fort mit der Frauen *arbeit*!«

Frimm brummt im tiefsten Bass:

»Es lebe der sexuale Anstand!«

Die Löwen schweigen und knallen leise mit ihren Schwänzen.

Das Geknall wird melodisch.

Die zweiundzwanzigste Nummer beginnt:

Nieder!

Ein hoher Hügel mit Sonnenschein schiebt sich vor die Stadt des Heils – es ist Haruns Myrthenhügel zu Rakkah.

Der reich gegliederte Hügel wird von dem luftigen, nur aus Holz erbauten Lampenschloss gekrönt, über dem eine grosse grasgrüne Flagge in den dunkelblauen Himmel flattert. Ein paar Palmen stehen schwankend links und rechts. Schmale Treppen mit weissem Birkengeländer schlängeln sich durch die Myrthengebüsche nach oben, und im oberen Theile des Hügels öffnet sich eine grosse ganz bunte Blumengrotte, aus der langsam zwei grosse braune Araber heraus treten: der rothe Masrar und Ibrahim, der Leibarzt des Chalifen.

Der Arzt sagt ernst und eindringlich: »So kann's doch nicht weiter gehen. Nun sind wir schon lange drei Jahre in Rakkah, und der Chalif bleibt, wie er war: missmüthig mürrisch und traurig. Alle meine Kunst ist vergeblich gewesen. Jetzt muss etwas Neues probirt werden. Das ist Dir doch klar, dass eigentlich an diesem Jammerzustande nur der Djafar die Schuld trägt. Es ist nun leider verboten, in Haruns Gegenwart ein Wort von den Barmekiden zu erwähnen. Das halt' ich aber für falsch. Ich werde heute noch das Gespräch auf Djafar bringen und bedauern, dass er nicht mehr lebt. Dann wird sich der Kranke aussprechen – vielleicht auch wieder toben – aber schliesslich wird's besser mit dem armen Menschen werden. Was meinst Du dazu?«

»Einen dümmeren Einfall,« erwidert der Henker, »konntest Du nicht haben. Das nützt dem Harun Garnichts, Dir aber kostet es den Kopf. Befiehlt er mir, Dir das Haupt vom Rumpfe zu trennen, so glaube nicht, dass ich mich seinem Befehle widersetzen werde. Ich bin meinem Herrn die vielen Jahre treu geblieben und werde ihm auch heute und morgen treu bleiben. Der Treubruch ist mir in jeder Form unter allen Umständen verhasst. Ich liebe den Harun, weil er gerade so denkt und nie vergessen kann, dass sein bester Freund ihm die Treue brach. Nieder mit dem Treubruch!«

»Das Wort ›Nieder!‹ hast Du Dir,« bemerkt lächelnd der Arzt, »schon gehörig in Haruns Diensten angewöhnt. Ich aber will den Chalifen munter machen und fürchte mich nicht. Da kommt er rauf!«

Harun steigt mit gerunzelter Stirn in gebückter Haltung die Treppen hinauf und murmelt mehrmals: »Nieder mit den Schurken! Nieder!«

Er schrickt zusammen, als er die Beiden vor der Blumengrotte sieht und geht auf sie zögernd zu.

Des Chalifen Bart ist schneeweiss, Körper und Gesicht scheinen zusammengeschrumpft zu sein. Die einst so mächtige Gestalt bewegt sich jetzt schlotternd und ohne die frühere Würde. Der grüne Seidenkaftan baumelt ihm schlaff um den Leib wie ein alter mürber Schlafrock. Harun giebt Nichts mehr auf sein Aeusseres; ›neue‹ Kleider zieht er garnicht mehr an.

»Warum ist der Beherrscher der Gläubigen so düster und missmüthig?«

Also fragt lauernd der Arzt.

Der Chalif krallt seine braunen Hände in die grüne Seide seines Kaftans und sagt zähneknirschend: »Wüsste das dieser Rock, den ich auf dem Leibe trage, ich würde ihn sofort zerreissen.«

Er bittet die Beiden, ihm nach oben ins Lampenschloss zu folgen.

Masrar murmelt: »Du bist gewarnt!« Doch der Ibrahim lächelt, als wenn er Alles besser weiss, meint leichthin: »Es ist wahrhaftig nicht bedeutend, wenn ein Mensch blos gut ist – aber auch nicht, wenn er blos bös ist.«

Harun schreit plötzlich: »Nieder mit dem Schurken! Nieder!«

Und dann lassen sich die Drei auf dem Altan des Lampenschlosses nieder. Der Chalif befiehlt die vielen Papierampeln anzuzünden, obgleich es noch garnicht dunkel ist. Gleichzeitig sollen die Sklaven Wein bringen und Hühner braten.

Während des Trinkens fragt Ibrahim:

»Denkst Du nicht öfters an Djafar?«

»Jawohl!« versetzt ruhig der Chalif, »der Gedanke an Djafar bereitet mir schlaflose Nächte.«

»Ich bedaure, dass er nicht mehr lebt,« giebt der Ibrahim zurück, »Du würdest in seiner Gesellschaft heitrer sein als in unsrer.«

Die Sonne geht unter, und die Ampeln brennen heller.

»Iss noch ein Huhn!« sagt heiser der Chalif, während seine Augen unheimlich funkeln, zu seinem Arzt.

Masrar schenkt Wein ein und sagt traurig:

»Wir wollen auch Wein trinken!«

Und sie trinken.

Es ist sehr still auf dem Altan, die Nacht zieht mit ihren Sternen herauf, die bunten Ampeln schaukeln vor der dunklen Himmelswand, eine Nachtigall flötet, ein paar Affen klettern schreiend auf eine Palme rauf, und der gute Mond hebt sich langsam über die Myrthengebüsche und kuckt um die Ecke nach dem Altan, auf dem Ibrahim noch ein zweites Huhn essen muss. Mond, Harun und sein Henker – sehen schweigend dem Essenden zu.

»Hast Du Deinen Säbel bei Dir?« fragt währenddem bedächtig der Chalif. Und der Henker bejaht die Frage, giesst dem Arzt noch einen Becher Wein ein und sagt gutmüthig: »Trink und iss, so viel Du kannst!«

»Schlag ihm sofort den Kopf ab!« spricht nun kalt der böse Harun.

Ibrahim lässt Wein und Huhn in seinen Schoss fallen, Masrar springt auf und holt zum Schlage aus, die Europäer sehen den Säbel den Henkers im Mondlicht aufblitzen – doch im selben Augenblick giebt's einen furchtbaren Donnerschlag, und blitzschnell hat sich der Myrthenhügel Haruns in den schneebedeckten Demawand verwandelt.

Der Riese Raifu sitzt mittendrinn wie ein Riesengletscher da, die Zaubrer hängen in seinem langen rothen Bart. Und sämmtliche Geister des Demawands stehen aufrecht auf den vielen Felsenriffen; in den Höhlen und Schluchten haben sich die Drachen und Ungeheuer auch auf die Hinterbeine gesetzt.

Alles unbeweglich und still!

Der Vollmond steht links oben, wird aber von schwarzen Wolkenbändern etwas verdunkelt.

Raifu starrt mit weit aufgerissenen Augen unverwandt die Europäer an.

Die Europäer sehen zitternd mit offnem Munde den Demawand und seine grossen Geister an.

Die Löwen knallen ein bischen mit den Schwänzen und springen dann in grossen Sätzen auf die Bühne in die Berge des Demawands hinein.

Bald stehen die Löwen ihrer Gewohnheit gemäss wieder brüllend und knallend auf ihren fünf Bergkegeln und schielen mit dem einen Auge zu den Europäern nieder, mit dem andern zum grossen Raifu auf.

»Wir nähern uns dem Schlusse des grossen Schauspiels!« spricht leise der scharfsinnige Olli.

»Die Geister des Demawands haben ihre Sache gut gemacht!« sagt der edle Frimm.

»Die Anstrengung war nicht von Pappe – auch auf unsrer Seite nicht!« bemerkt der liebe Pix.

Die Stimmen der Löwen haben einen singenden Tonfall und klingen so von den Felskegeln hernieder, wie's abends von den Minarets herniederklingt. Es tönt Alles von oben herab wie aus weiter Ferne. Die Schwänze der Löwen knallen zuweilen leise mit.

Und Plusa sagt nach einer kleinen Pause:

»Eröffnen wir also zur Abwechselung mal ein ästhetisches Quintett! Wir können's uns ja leisten, und die Abwechslung thut noth. Wir und die Kunst sind jedenfalls – Allah sei Dank! – frei!«

Und das ästhetische Quintett wird eröffnet!

Knaff: Die Europäer haben hoffentlich eingesehen, dass die Kunstwerke mit didaktischen Zwecken eben so viel Berechtigung haben wie die Kunstwerke ohne Zweck.

Plusa: Die Kunst hat mit dem Weibe, dem Kinde und dem Volke Nichts gemein – braucht nicht wie diese Drei stets unter Aufsicht zu leben – sondern darf frei sein wie der männliche Mann – ganz frei!

Olli: Der Dichter muss immer mit zwei Händen zugleich die Tasten seiner Sprache berühren – womöglich noch mit mehr als zwei Händen.

Pix: Daher ist die subjektive Färbung eines Kunstwerks kein Fehler. Der Dichter kann immer in seiner Weise mang reden, denn er ist das freiste Wesen der ganzen Welt und kann sich Alles erlauben.

Frimm: Sehr richtig! Und die Kunstwerke, die keine aparten Schnörkel besitzen, mögen in Europa geschätzt werden. Bei uns ist das anders! Im Orient pflegt der Dichter zu stolz zu sein, um sich zu verbergen.

Knaff: Objektive Kunst kennt man im Orient garnicht. Es ist nicht nöthig, das Publikum immerfort in einer Illusion zu erhalten. Beim vernünftigen Publikum wird das auch stets missglücken. Der Betrug ist in der Kunst überflüssig – sogar dumm.

Plusa: Und damit ist unsre Anwesenheit bei Vorführung des Raifu'schen Dramas vollauf berechtigt.

Knaff: Im Uebrigen müssen sämmtliche ästhetischen Regeln vom Dichter ordentlich verulkt werden – das gehört sich nun mal so!

Olli: Der Dichter muss allerdings ein Genie sein.

Knaff: Aber Mensch! Quassel blos nicht so viel! Wir wissen ja selber nicht einmal, wie ein Genie aussieht.

Pix: Jedenfalls wissen wir, wie ein Dilettant aussieht.

Plusa: Na – wie?

Pix: Den Dilettanten erkennt man an seinem Enthusiasmus.

Plusa: Pix, Du bist böse! Dann ist also die ganze Aesthetik nur Dilettanten-Werk – was?

Pix: Schon möglich – ich will aber Nichts gesagt haben.

Plusa: Feigling!

Olli: Die Kunst, die kein ethisches Rückgrat besitzt, führt in leeren Formalismus hinein oder ins Reich der puren Wissenschaftlichkeit. Die Ethik ist in der Kunst die Hauptsache – das ist nun mal so! Merkt es Euch!

Plusa: Dilettant! Aechte Dichter brauchen keine Regel.

Frimm: Das komplicirte Wesen der Kunst werden wir ebenso wenig begreifen können wie das komplicirte Wesen des Lebens. – Ja! Da sich Beides einander ähnen will, darf auch Beides unbegreiflich bleiben. Ach – Alles kommt immer wieder! Hat Einer bewiesen, dass ein Kunstwerk keine Tendenz haben darf, gleich kommt ein Andrer und beweist das Gegentheil. Es ist daher auch gleichgiltig, ob wir Raifu's Arbeit grob-tendenziös oder fein-tendenziös nennen. Beides wär' berechtigt.

Pix: Wie tiefsinnig Du bist!

Plusa: Kinder, wir kritisiren jetzt zu viel! Und da die Kritiker sämmtlich Parasiten sind, so sind wir's auch!

Pix und Knaff: Halt's Schandmaul!

Olli: Schälen wir nun den Kern aus der Arbeit unsres Riesen heraus!

Frimm: Der Treubruch mit seinen Folgen ist der Kern.

Olli: So hätten wir also eine Treubruchstragödie vor uns, nicht wahr?

Plusa: Wir hätten, wenn wir nicht sehr irren, *die letzte Treubruchstragödie* vor uns. Zum Abgewöhnen hat sie Raifu den Europäern vorgesetzt. Und wir wollen hoffen, dass nach diesem Stück die europäischen Romane der hetärischen Monogamie ein für alle Mal aus der Mode kommen.

Frimm: Hoffen wir's!

Pix: Es ist die höchste Zeit, sich über den Treubruch herzlich lustig zu machen.

Frimm: Wenn man der Frau die Freiheit lässt, so soll man sich nicht wundern, wenn die Frau mit ihrer Freiheit anfängt, was ihr beliebt.

Plusa: Nun – das Thema vom Treubruch hätten wir gründlich abgeklappert. Das nenn' ich Energie!

Olli: Die Energie hat sich erst in den letzten Nummern des Dramas gezeigt.

Frimm: Wir wollen aber den Europäern nicht die Gelegenheit benehmen, auch noch Bemerkungen über Raifu's Drama loszulassen.

Pix: Aber nur in ihrer Heimath dürfen sie das thun.

Olli: Richtig – nur das selbständig Gedachte reizt zu Thaten, und es kommt uns auf diese mehr an als auf jenes.

Plusa: Blödsinn! Selbständige Denker waren niemals grosse Thatmenschen.

Pix: Schluss der Debatte!

Plusa: Ich möchte nur noch bemerken, dass es mir persönlich nicht angenehm ist, wenn ein Kunstwerk fast in seinem eigenen Blute ersäuft. Dabei kann ich nur wehmüthig ausrufen: Pfui Deiwel! So viel Kunst und so viel bodenlose Gemeinheit! Pfui Deiwel!

Der Ausruf schallt lauter als alles Andre.

Raifu's Gestalt löst sich langsam in graue Nebelschleier auf – der Demawand und die Geister ebenfalls.

Die Löwen springen mit furchtbarer Geschwindigkeit, als wenn sie auch befürchten müssten, in Nebelschleier aufgelöst zu werden, in die syrische Wüste hinunter – zehn gute Sprünge haben's gethan!

Doch plötzlich steht der gewaltige Riese auch in der Wüste, bückt sich, holt mit der flachen Rechten zum Schlage aus, dass alle Europäer durch den Windzug auf den Rücken fallen, und giebt dem Plusa eine Ohrfeige, dass der tief nach Süden kullert und ins rothe Meer plumpst....

Raifu brummt: »Europäer, nehmt den starken Luftzug nicht weiter übel! Habt Ihr Euch gestossen?«

Die Europäer murmeln: »Nein!«

Plusa kommt pudelnass wieder herbeigelaufen und schimpft mächtig – spuckt auch viel salziges Meerwasser aus.

Die Europäer reiben sich die Rücken.

Die dreiundzwanzigste Nummer beginnt:

Die Einsamkeit

Der alte Mond durchleuchtet die grauen Nebelschleier, sodass sie langsam emporsteigen und über die Bäume des Gartens dahinziehen und dann hinten hoch über den glitzernden Fluten des Tigris schweben – wie vertriebene Thauwolken.

Es duftet nach persischem Weidenblüthenwasser. Vorn auf dem Altan eines kleinen Holzhauses sitzt die Abbasah.

Die rehbraune Schwester des Chalifen ist alt geworden. Man macht mit ihr nicht mehr viel Umstände.

Die Zeit, in der die Männer so schrecklich viel über die kluge Abbasah nachdachten, ist längst vorüber. Die unzähligen Reize des Weibes sind dahin, es sieht hässlich aus – das Gesicht, in das wirr die grauen Haare fallen, zeigt nur Runzeln und Falten und keine Spur von Freundlichkeit. Drei Jahre Einsamkeit haben die Masslose, die immer unersättlich war, geknickt; die Ueberempfindliche wird bald ganz unempfindlich sein.

Der Vollmond scheint ihr ins Gesicht, und es kommt mit leisen Füssen eine Sklavin herbei. Sie sagt Nichts, sie stellt nur stumm eine kleine Kruke mit wohlriechender Seife vor die Abbasah und will dann gehen.

Doch die Abbasah hält sie zurück, sagt sanft:

»Geh noch nicht! Ich bin ja so einsam. Wie geht es denn meiner Feindin, der Schwester Holagga? Ach so, Du darfst nicht antworten. Wie ich das finde! Es ist so masslos! Weisst Du, dass wir uns schon drei Jahre kennen? Heute vor drei Jahren kamst Du zum ersten Mal mit Deinen wohlriechenden Seifen auf meinen Altan. Weisst Du auch, warum Du immer, wenn's Vollmond ist, mit Deiner verfluchten Kruke zu mir kommst? Kind, weisst Du das nicht? Du schüttelst den Kopf, und ich mag es Dir nicht sagen. Mich ekelt Alles an. Aber wenn Du einmal den Harun siehst, so vergift ihn – vergift ihn! Kind, thu mir den Gefallen! Doch Du bist zu dumm. Geh nur! Sonst werden meine beiden stummen Eunuchen wüthend. Geh nur! Harun ist ein rachsüchtiges Schwein! Die verfluchte Kruke mit den wohlriechenden Seifen! Sag doch Deiner Herrin, dass sie es versteht, die Befehle des herrlichsten Chalifen auszuführen. Ich habe die grösste Hochachtung vor meiner Feindin Holagga. Mach, dass Du weg kommst, Du dummes Schaf«

Die beiden stummen Eunuchen erscheinen im Hintergrunde und gehen mit der Sklavin ab.

Die Abbasah ist wieder allein, sie stösst heftig die Kruke mit den Seifen um – und eine grosse Thräne rollt über die faltenreiche Wange des einsamen Weibes.

»Jetzt sah ich,« flüstert das einsame Weib, »drei Jahre keinen Menschen mehr. Meine beiden stummen Eunuchen bringen mir Essen und Trinken, und die dumme Gans bringt mir die wohlriechenden Seifen. Andre Menschen als diese Drei hab' ich seit drei Jahren nicht mehr gesehen und gehört. Es ist masslos. Harun, ich hab' Dich unterschätzt. Du verstehst es, Dich zu rächen. Und dass Du der Holagga aufgetragen hast, mich überwachen zu lassen – das war teuflisch. Doch wozu reg' ich mich auf? Wozu?«

Sie sitzt unbeweglich da und starrt in den Garten hinein. Der Vollmond glänzt in alter Pracht. Nachtigallen schlagen, und Fledermäuse flattern vorüber. Der weite Park der Chalifenburg ist so einsam und still wie ein Kirchhof.

Die Abbasah hebt hastig die Kruke auf und riecht an den neuen Seifen, lacht grell und wirft sich mit der Kruke auf ihren Diwan, vergräbt den Kopf in ein weiches Kissen und bleibt ohne Bewegung liegen – nur von Zeit zu Zeit geht ein heftiges Zittern durch ihre Glieder.

Der Vollmond glänzt in alter Pracht.

Und es fallen vorne grosse rothe Tropfen herab – immer mehr – immer mehr!

Ein dichter rother Regen, durch den man nicht durchsehen kann!

Gross sind die Tropfen – sehr gross – wie blutige Riesenthränen.

Die hellblauen Löwen legen sich malerisch vor den rothen Blutregen und blicken schweigend in den gelben Wüstensand.

Pix in der Mitte hat wieder die Stirn den Europäern zugekehrt und die Andern liegen quer –
wie vorm Diamantenschneefall.

Auch die grossen rothen Blutstropfen sind durch die hellblauen Löwenkörper zu sehen, sodass diese fein von oben nach unten gestreift werden, als wenn rothe Meteore sie durchleuchten.

»Jetzt wollen wir noch einmal,« flüstert Pix, »freundlich auf Euch einreden. Wir haben ja
nicht mehr was Neues zu sagen – aber wir wollen Euch die Hauptsachen noch einmal einschär-
fen. Wir wollen Euch ja bekehren – daher dürft Ihr's uns nicht übel nehmen, wenn wir uns
öfters wiederholen.«

Und die Löwen reden noch einmal – leise – ganz leise – im Flüstertone. Nur Plusa's Stimme
hört sich brummig an, wenn er was sagt. Doch auch das Brummige tönt gedämpft.

Knaff: Kurzum: führt den Harem ein! Eure Ehebruchsromane mit all dem Blut und all dem
Schmutz müssen Euch doch schon langweilig geworden sein. Möge Raifu Euch den Geschmack
an Euren ekelhaften Romanen endlich mal gründlich verleidet haben.

Olli: Der Harem löst sämmtliche Frauenfragen mit einem Schlage. Nach Einführung des
Harems giebt's keine alleinstehenden Frauen mehr, und die ›öffentliche‹ Frauenarbeit ist damit
auch beseitigt.

Frimm: Ueber Eure Theater, Concertsäle und die anderen öffentlichen Lokale werdet Ihr
Euch nach dem Gehörten wohl selber das Nöthige sagen können.

Plusa: Ihr krempelt ja ganz Europa um – die Geschichte ist nicht so leicht.

Frimm: Leicht ist Garnichts.

Knaff: Alle Kunst, die sich um den Ehebruch dreht, ist schlecht und werthlos.

Plusa: Die Europäer werden nach Hause gehen und zunächst wieder mit ihren Frauen und
denen ihrer Freunde und Bekannten ganz unverfroren zusammenkommen, mit ihnen essen,
trinken und tanzen und gänzlich vergessen, dass das eigentlich hetärische Einleitungsmanöver
sind.

Pix: Vergesst nicht, dass wir im Grunde genommen sehr tugendhaft sind und eigentlich nur
das Ueberhandnehmen des Hetärismus und der Prostitution bekämpfen.

Plusa: Wir wollen uns nämlich mit dem alten Raifu zusammen einen europäischen Tugendpreis holen – denn wir sind sehr ehrgeizig.

Pix: Raifu hat Euch zeigen wollen, welche Rohheit und welchen Jammer Frauenfreiheit und
freie Liebe erzeugt.

Frimm: Da kann einem anständigen Menschen *jede* Art von Liebe verleidet werden.

Plusa: Das wollte ja grade der kluge Raifu.

Knaff: Wozu ärgertest Du Dich denn über die Rohheiten, die uns Raifu vorführte?

Plusa: Weil diese Rohheiten so unerträglich waren.

Die rothen Tropfen, die so lange unaufhörlich herunterrieselten wie rother Schnee, bleiben
auf ein Mal in der Luft stehen und fallen nicht mehr.

Die Körper der blauen Löwen sehen daher plötzlich gesprenkelt aus – gleich wie mit rothen
runden Himmelssternen übersät.

Der Ton, in dem die Löwen reden, klingt jetzt noch gedämpfter als bisher. Das Geflüster ist
jetzt so leise, dass die Europäer ihre Schallfänger noch weiter rausschrauben müssen.

Die rothen Blutstropfen – die Riesenthränen – stehen ganz unbeweglich in der Luft, sind
aber von verschiedener Grösse.

Plusa will ein Nippchen Cognac trinken – die Reise ins rothe Meer ist ihm nicht gut bekommen.

Der Cognac wird dem Aermsten nicht vorenthalten.

Aber der Plusa kommt erst ganz allmählich wieder zu Kräften – auch Geister haben manchmal zu leiden.

Plusa: Das war Alles – Alles – *Raifu's Rache!!* Ich habe leider am meisten darunter zu leiden.

Olli: Europäer, lacht über uns! Wir erlauben's Euch! Aber denkt ein Nippchen über uns
nach! Ihr werdet Euch eines Tages wundern, dass Ihr über uns mal gelacht habt und dann

nie wieder über uns lachen – höchstens lächeln – glücklich lächeln – wenn Ihr der hellblauen Löwen gedenkt.

Frimm: Also immer kurz und zielbewusst! Entweder gleich das Weib in den Harem nehmen – oder links ab ins Hetärenheim! Wo's das nicht giebt, macht Radau – so lange – bis es da ist! Also immer kurz und zielbewusst!

Plusa: Wie werden sich die grossen Männer, die gar keine Weiber brauchen, freuen, wenn sie wissen, dass das gemeine Volk von den Weibern schockweise geplagt wird.

Knaff: Nichtswürdiger! Ja – jede Sache hat auch unangenehme Begleiterscheinungen – die sind nun mal unzertrennlich von den ewigen Spässen des Weltalls. Der Spass ›Harem‹ hat natürlich auch manches Unbequeme. Nichts ist vollkommen. Aber – trotz Alledem – es lebe der Harem Europa's!

Pix: Das absolute Glück haben wir leider noch nicht entdeckt – es ist nicht mal bei den Geistern zu Haus. Deswegen wollen wir aber nicht verzweifeln – das wäre *zu* dumm!

Olli: Jeder soll mit seinem bischen Glück vorsichtig umgehn, es sorgsam behüten.

Frimm: Man soll hauptsächlich nicht zu viel über sich selber nachdenken – das macht unglücklich.

Plusa: Macht manche Menschen sogar verrückt.

Knaff: Man sollte sich die grösste Mühe geben, glücklich zu werden – man sollte sich so recht ordentlich anstrengen.

Pix: Ja.. was.. sollte man nicht Alles!

Die rothen Tropfen steigen langsam in die Höhe und platzen oben – wie Seifenblasen.

Die vierundzwanzigste Nummer beginnt:

Der ewige Jammer

Es ist dunkle Nacht, und es regnet.

Es regnet in den Olivensee zu Rakkah.

Es rauscht leise – so regnet's ins Wasser.

Es ist ganz dunkel auf der Flut, nur ein grünes Licht zieht langsam von links nach rechts und wieder zurück – dann wieder nach rechts und dann wieder nach links – wie der Perpendikel einer grossen Weltuhr.

Und hinter dem grünen Licht sitzt der grosse Chalif Harun al Raschyd in seinem grünen Kaftan mit untergeschlagenen Beinen da – mit krummem Rücken – finster brütend – unbeweglich wie ein indisches Götzenbild.

Der Chalif ist in seiner mit starker Leinewand überspannten Barke ganz allein. An sehr langen Stricken wird die Barke von einem Ruderboote gezogen, das in der Dunkelheit nicht zu sehen ist; auch nicht zu hören ist das Ruderboot; die langen Riemen sind mit Leinewand umwunden und werden sehr vorsichtig gehandhabt.

Und Harun gedenkt der Barmekiden.

Keine Thräne kommt in sein Auge; er hat in seiner Einsamkeit so viel geweint, dass er nicht mehr weinen kann.

»Warum,« murmelt er, »war ich so thöricht, an Liebe und Freundschaft zu glauben? Für meinen Glauben werde ich furchtbar bestraft. Allah will nicht, dass wir glauben.«

Hinten am fernen Ufer spielen die Flötenspieler traurige Lieder – die Weisen alter arabischer Volkslieder, die von Treue und Verrath erzählen.

Alte Bilder ziehen an den müden Augen des grossen Chalifen vorüber. Er sieht wieder seinen Djafar im gelben Kaftan mit den vielen schwarzen Perlen voll Lebenslust und Stolz.

Die Europäer sehen in ihren Opernguckern alles das, was Harun sieht.

Das ganze Schauspiel zieht noch einmal in rascher Folge vorüber – Haruns übermächtiges Glück und sein furchtbares Weh – der grosse Rausch im Sonnenschloss bleibt länger – dann aber kommt das Entsetzliche – Masrar mit seinen Henkern wüthet – und die Barmekiden sterben – langsam – in grässlicher Qual.

Die Flötenspieler flöten immerzu.

Die Barke mit dem grünen Licht geht immer wieder von rechts nach links und von links nach rechts und immer von Neuem denselben Weg hin und zurück – aber immer langsamer – immer langsamer – immer langsamer – wie der Perpendikel einer grossen müden Uhr, die bald stehen bleiben wird.

Die Flötenspieler flöten immerzu.

Und die alten Bilder sind nicht zu bannen.

Langsam rinnt eine grosse Thräne über die eingefallene Wange des armen Harun.

Der Regen rauscht.

Harun fährt auf seiner Barke langsam hin und her – die Nacht bleibt dunkel.

Der Regen rauscht.

Langsam fällt der Vorhang.

Der Vorhang ist grau und zeigt in der Mitte ein übergrosses braunes Greisenhaupt mit glanzlosen blöden Augen, weissem Bart und Haar und ganz eingefallenen Schläfen und Wangen.

Die hellblauen Löwen gehen langsam in einer Reihe auf die Europäer zu und bleiben dicht vor ihnen stehen.

Die Menschen sperren den Mund auf und biegen den Kopf ganz ins Genick zurück, um die riesigen Köpfe der Löwen hoch oben in der Luft sehen zu können. Die Löwen sind so furchtbar breit und gross wie Gebirge.

Und jetzt brüllen die fünf Löwen so furchtbar los, dass die Erde zittert und die Europäer auf den Rücken fallen. Das stärkste Donnerwetter ist Nichts gegen dieses Gebrüll.

Und während des donnernden Brüllens gehen die Löwen langsam wieder dreissig Schritt rückwärts, knattern noch einmal fürchterlich mit den Schwänzen und sind dann still. Pix spricht zuerst, und seine Stimme dröhnt wie eine ungeheure Riesenposaune.

»Hieraus erkennt man wieder,« sagt der Pix, »wieviel die Liebe und die Freundschaft zerstören können.«

Die riesigen Schnauzen der Löwen verzerren sich einen Augenblick – doch gleich darauf umspielt die riesigen Schnauzen ein drolliges gutmüthiges Lächeln. Und die Löwen schütteln ihre blauen Mähnen.

Knarrend sagt der Frimm: »Wir verkündeten Euch die Weisheit Salomonis!«

»Es war nur ein Schauspiel fürs Volk!« schreit heftig der Olli; ferne Echos hallen die Worte in höchsten Tönen wider.

»Hetzt uns nicht,« brummt stöhnend der Knaff, »Eure Weiber auf den Hals – die sind auf unsrer Seite, wenn sie anständig sind.«

Wieder antworten ferne Echos – diesmal dumpf – fast schauerlich.

»Nieder mit dem Hetärenpack!« fügt der Knaff noch hinzu.

»Wir können,« brummt leise der Plusa, »niemals sterben, und unsre Worte werden auch nicht sterben. Wenn Ihr das glaubt, seid Ihr schief gewickelt. Nun haben wir Euch ordentlich abgekanzelt – darum vergesst uns nicht!«

Und nach diesen Worten brüllen alle Fünf im Chore:

»Es lebe der Harem in der ganzen Welt!«

Schauerlich spotten's die fernen Echos nach – und die Löwen lachen dazu – so recht gutmüthig und freundlich.

Raifu's Riesenhaupt erscheint über dem Vorhang, im Osten blitzt es – schnell und heftig – und ein breiter Blitzstrahl schlägt plötzlich dicht vor Raifu in den Vorhang, dass der mitten entzweireisst und nach beiden Seiten in Flammen aufgeht – in hellblauen Flammen!

Und nun steht Raifu mit seiner Geisterschar ganz frei vor Europa.

»Geht nach Haus!« sagt der Riese, »und denkt über uns nach! Denkt gehörig über uns nach! Der Morgen naht! Morgenwinde thut Eure Schuldigkeit!«

Und die Morgenwinde heben die Europäer, die ganz sprachlos sind, hoch in die Luft und führen sie fort übers Meer nach Westen und Norden – nach Hause – nach Hause – – –

Wie flatternde Schmetterlinge zucken die hellblauen Blitze durch den Morgenhimmel. Der alte Löwenvater ist wach!

Die Geister müssen fort – denn der Blitz durchleuchtet schon die ganze weite Wüste – der alte Löwenvater ist schon ärgerlich!

Die Geister müssen sich sputen.

Raifu schreitet mit mächtigen Schritten dahin – lachend flüstert er in seinen Bart, in dem sich seine Zaubrer schaukeln:

»Der Orient ist gross, und Europa denkt jetzt über uns nach!«

Das Geistervolk folgt dem Riesen wie eine Windhose – wie eine Geisterhose!

Die hellblauen Löwen springen an Raifu's Beinen hoch – und der gute Riese streichelt seine schönen Thiere, dass sie knurren vor Herzenslust.

Fix geht's durch Persien durch – und während im Osten der erste Sonnenblitz über den Erdrand springt – verschwindet das grosse Geistervolk in den tiefen Felsschluchten des Demawands – fix!

Die Sonne geht auf – im Osten!

Der Orient bleibt gross!